俄羅斯國立聖彼得堡大學語言學博士
國立政治大學斯拉夫語文學系副教授

葉相林 著

我的
俄文自由行

Путешествие в мир
русского языка

準備好了嗎？ Поехали!

　　《我的俄文自由行》是設計給想要前往俄羅斯旅遊、遊學、留學或出差、已具備基本俄語能力的讀者來學習。本書劃分為住宿、交通、電話與網路、學校、用餐、觀光、購物、日常生活、尋求協助共 9 個主題、36 個單元，針對在俄羅斯的旅遊情境或生活需要，精選了主題單字、編寫了情境對話與句型套用練習。書中所安排的各個單元——包括購買行動網卡、買火車票選擇車廂種類、遊留學生至學校報到以及去銀行繳學費等——這些情境或由於國情差異、或由於較少編入一般俄文教材，常常讓初次來到俄羅斯的外國人遭遇溝通上的困難，而這本書的目的就是協助讀者對各種溝通情境先有所準備。

　　本書各單元的初稿曾在政大的俄語課程作為課堂講義使用，也根據課堂反饋進行了不同幅度的修改。曾有學生與我分享，他們帶著這份講義前往俄羅斯遊學，以備不時之需；還有學生根據個人親身經歷，建議我新增某個單元，使我更確信這樣的教材是實用而且有必要的。希望本書經反覆構思及多次修訂的成果，能更符合讀者的需求，讓學習俄語、熱愛俄羅斯文化、夢想前往探索俄羅斯的讀者，都能在一開始就少一些語言困難，對俄羅斯風情多一些領略。

　　特別感謝俄羅斯籍邱楚楚（Daria Chubova）在本書撰寫期間提供諮詢和寶貴的建議，讓本書內容更為完善。謝謝邱楚楚和盧奕凡（Ivan Polushkin）為錄製音檔所投入的心力。很高興在瑞蘭編輯團隊盡心盡力的協助之下，這本書誕生了，謹獻給喜愛俄語的你。

葉相林

2021.01.05

如何使用本書

　　《我的俄文自由行》全書共 9 大章，每章皆有 4 個單元，以會話為主軸的課程規劃，課堂、自學都好用！是對俄語有基礎認識後，最好的銜接教材。

每個單元 4 步驟，讓你的俄語聽說力大躍進！

【掃描音檔 QR Code】

　　在開始使用本書之前，別忘了先找到書封上的 QR Code，拿出手機掃描，就能立即下載書中所有音檔喔！（請自行使用智慧型手機，下載喜歡的 QR Code 掃描器，更能有效偵測書中 QR Code！）

【步驟 1：自由行必學單字】

　　先熟悉該單元的重點單字，有助於理解接下來的會話情境。

【步驟 2：俄羅斯人這麼說】

每單元用 2 則會話帶你用道地俄語交談，搭配音檔反覆聆聽練習，有效提升俄語聽力口說。

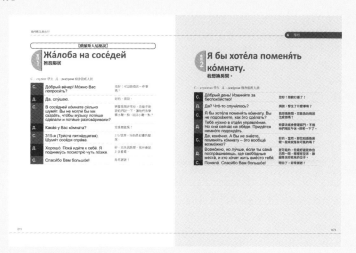

【步驟 3：套用句型說說看／這個俄文怎麼說】

挑出會話中的重點句型作延伸學習，用熟悉句式的方法取代枯燥的文法公式。

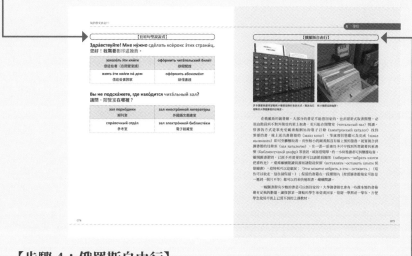

【步驟 4：俄羅斯自由行】

課後閱讀文化專欄，給你最新、最有趣的俄羅斯資訊及文化知識！

目次

【自由行必學單字】符號說明

符號	意義	範例	說明
(м.)	陽性名詞	оте́ль (м.)	標示無法從詞形分辨為陽性的名詞（通常為軟音符結尾）
(ж.)	陰性名詞	ме́бель (ж.)	標示無法從詞形分辨為陰性的名詞（通常為軟音符結尾）
(ср.)	中性名詞	меню́ (ср.)	標示無法從詞形分辨為中性的名詞
[ ]	讀音	оте́ль [тэ]	標示單字中畫底線處的特殊讀音
—	分隔動詞的體	зака́зывать—заказа́ть	未完成體—完成體
(НСВ)	未完成體	учи́ться (НСВ) по обме́ну	表示動詞在會話中較常用未完成體
(СВ)	完成體	разбуди́ть (СВ)	表示動詞在會話中較常用完成體
;	同義詞	гости́ница; оте́ль	兩字可互相替換
斜體字	搭配的詞形	обрати́ться *к кому́*	說明單字常搭配的名詞或前置詞＋名詞形式
（俄文）	可省略	(креди́тная) ка́рточка	「信用卡」完整說法為креди́тная ка́рточка，口語中常簡化為 ка́рточка
（中文）	補充意義	晝夜（住房天數單位）	補充說明 су́тки 一詞作住房天數單位使用

第１章：住宿

本章課題
（１）飯店訂房與入住
（２）客房問題
（３）租屋
（４）住房問題

1 В це́ну вхо́дит за́втрак.

房費含早餐。

【自由行必學單字】	MP3-01

俄文	中文
гости́ница; оте́ль (м.) [тэ]	旅館
администра́тор	旅館櫃檯人員
зака́зывать—заказа́ть	預訂（訂票、餐廳訂位、訂車、訂購商品）
брони́ровать—заброни́ровать	預訂（訂票、餐廳訂位、旅館訂房、座位預訂）
подтвержде́ние брони́рования	訂房確認證明
су́тки	晝夜（住房天數單位）
одноме́стный но́мер	單人房
двухме́стный но́мер	雙人房
односпа́льная крова́ть	單人床
двуспа́льная крова́ть	雙人床
ва́нная	浴室
кондиционе́р	空調
беспла́тный Wi-Fi [вайфай]	免費無線網路
паро́ль (м.)	密碼
лифт	電梯
(креди́тная) ка́рточка; карта	信用卡

會話 1

Брони́рование но́мера в гости́нице

訂旅館房間

MP3-02

K. – клие́нт 顧客　　A. – администра́тор 旅館櫃檯人員

K.	Я хочу́ заброни́ровать одноме́стный но́мер на 9 (девя́тое) ию́ля, на дво́е су́ток. Ско́лько сто́ит прожива́ние?	我想訂 7 月 9 日一間單人房，兩天。房費多少？
A.	За су́тки 48 (со́рок во́семь) до́лларов. В це́ну вхо́дит за́втрак.	一天 48 美金。價格含早餐。
K.	Спаси́бо. А мо́жно бу́дет заплати́ть ка́рточкой?	謝謝。可以刷卡付款嗎？
A.	Да, мо́жно по ка́рте. Мы принима́ем ка́рты Visa и MasterCard.	可以刷卡，我們收 Visa 卡和 Master 卡。
K.	В но́мере есть ва́нная?	房內有浴室嗎？
A.	В но́мере туале́т, душева́я каби́на, фен, та́почки.	房內有廁所、淋浴間、吹風機、拖鞋。
K.	Мо́жно заказа́ть встре́чу в аэропорту́?	可以預訂機場接機嗎？
A.	Да. Мы зака́жем для Вас такси́, и такси́ст с ва́шей фами́лией на табли́чке Вас встре́тит.	可以的。我們會為您預訂計程車，司機會舉名牌迎接您。

會話 2 Регистра́ция зае́зда у ресе́пшена

在櫃檯辦理入住登記

К. – клие́нт 顧客　　А. – администра́тор 旅館櫃檯人員

К.	Здра́вствуйте. Я заброни́ровал двухме́стный но́мер по интерне́ту. Вот подтвержде́ние брони́рования.	您好。我在網路訂了雙人房。這是訂房證明。
А.	Да, но́мер заброни́рован на Ва́шу фами́лию.	是的，有您名字的訂房。
К.	Нам, пожа́луйста, но́мер для некуря́щих и с двумя́ отде́льными крова́тями.	請給我們非吸菸的房間，兩張分開的床。
А.	Да, коне́чно. Да́йте, пожа́луйста, Ваш па́спорт. Мне ну́жно записа́ть Ва́ши да́нные.	好的，當然。請給我您的護照。我需要記錄您的資料。

Я хочу́ заброни́ровать но́мер на 16 (шестна́дцатое) января́.

我想訂 1 月 16 日的房間。

на одни́ су́тки 一天	**с одно́й большо́й крова́тью** 一大床
на дво́е су́ток 兩天	**повы́ше** 較高樓層
на одного́ (челове́ка) 一個人住	**с ви́дом на го́род** 有市景
на двои́х (челове́к) 兩個人住	**с ви́дом на ре́ку** 有河景

【俄羅斯自由行】

俄羅斯自 2021 年 1 月 1 日起實行綜合電子簽證制度（еди́ная электро́нная ви́за），台灣列於聯合電子簽證適用國家名單中。綜合電子簽證提供外國公民以觀光、商務、文化交流及私人探訪為訪問目的做短期停留。簽證辦理時間不超過 4 天，60 天有效，限單次入境，入境後最多可停留 16 天。持綜合電子簽證入境俄羅斯，需經由規定的入境關卡（名單包括莫斯科、聖彼得堡、喀山、葉卡捷琳堡特定機場和其他航空、港口、汽車、行人口岸），詳細規定請查詢「莫北協駐台代表處」網頁：http://www.mtc.org.tw/new/。

不在上述訪問目的範圍內的簽證種類則必須辦理普通簽證。以學生簽證（уче́бная ви́за）為例，要向未來的就讀學校申請「簽證邀請函」（приглаше́ние; ви́зовая подде́ржка），由學校前往俄羅斯內政部移民署申請。邀請函分紙本和電子版本兩種，若為紙本，辦理簽證時必須檢附學校郵寄來的正本（оригина́л），電子版本（электро́нное приглаше́ние）則可由學校寄發的電子郵件印出。收到邀請函、備齊文件之後，就可以交由「莫斯科台北經濟文化協調委員會駐台北代表處」或其委託收送文件的單位辦理（詳情及最新訊息請查詢「莫北協駐台北代表處」網頁），簽證效期通常是按照邀請函上指明的日期核發。

俄羅斯移民局規定，外國公民須於抵達停留城市的七個工作天之內，辦理「居住登記」（一般稱為 регистра́ция，正式名稱是 миграцио́нный учёт）。雖然按規定，在一個城市停留不到七個工作天，不用辦理居住登記，但根據「台北莫斯科經濟文化協調委員會駐莫斯科代表處」2019 年 12 月官網張貼的訊息，在俄停留倘不超過七日，仍建議辦理該文件。因此，訂旅館或租屋前，宜先確認業者願意為房客履行辦理居住登記的義務，以免觸法。入住旅館時，請主動提出辦理居住登記的需求，櫃檯人員會將旅客護照及入出境卡影印，並填寫「抵俄報告通知書」（уведомле́ние о прибы́тии иностра́нного граждани́на в ме́сто пребыва́ния），通常第二天即可辦妥，請儘早向櫃檯索取回執證明聯。遊俄期間需將「抵俄報告通知書」的回執證明聯，連同護照、入出境卡隨身攜帶，以便隨時提供查驗，並保留至出境。

2 Когда́ я до́лжен вы́ехать из но́мера?

請問幾點應該退房？

【自由行必學單字】	MP3-05
俄文	**中文**
меня́ть—поменя́ть	更換
приноси́ть—принести́	拿來
полоте́нце	毛巾
бельё	床單
поду́шка	枕頭
одея́ло	棉被
зубна́я щётка	牙刷
утю́г	熨斗
горя́чая вода́	熱水
го́рничная	客房服務人員（女）
за́втрак в но́мер	房內用早餐服務
разбуди́ть (СВ)	喚醒
распеча́тать (СВ) докуме́нт	列印文件
выезжа́ть—вы́ехать	退房

會話 1

Звонóк администрáтору (1)
打電話給櫃檯人員（一）

MP3-06

А. – администрáтор 旅館櫃檯人員　　К. – клиéнт 顧客

А.	Дóбрый дéнь. Чем могý помóчь?	您好。有什麼可以為您服務的？
К.	Дóбрый день. Скажи́те, пожáлуйста, когдá я дóлжен вы́ехать из нóмера?	您好。請問我幾點應該退房？
А.	В 10 (дéсять) часóв утрá.	早上 10 點。
К.	Мóжно мне вы́ехать пóзже, в 12 (двенáдцать) часóв?	我可以要求晚一點退房嗎，12 點的話呢？
А.	Хорошó. Продлевáем для Вас врéмя вы́езда.	好的。為您延後退房時間。
К.	Спаси́бо большóе. И ещё прошý разбуди́ть меня́ зáвтра ýтром, в 7.30 (семь три́дцать), и хочý заказáть зáвтрак в нóмер.	非常謝謝。還想請您明早叫醒我，7:30 的時候，並預訂在房內用早餐。

Звонóк администрáтору (2)

會話 2

打電話給櫃檯人員（二）

MP3-07

А. – администрáтор 旅館櫃檯人員　　К. – клиéнт 顧客

А.	Здрáвствуйте. Администрáтор.	您好。（這裡是）旅館櫃檯。
К.	Дóбрый вéчер. Вы не моглú бы принестú ещё подýшку и одея́ло?	晚上好。您可以再給我一個枕頭和一床棉被嗎？
А.	Да, конéчно. Сейчáс гóрничная Вам всё принесёт.	好的，當然可以。客房服務人員馬上為您送去。
К.	Спасúбо большóе. Скажúте, где мóжно заварúть чай? В нóмере нет чáйника.	非常謝謝。請問哪裡可以泡茶？房間裡沒有熱水壺。
А.	На кáждом этажé в коридóре есть кýлер.	每層樓的走廊都有飲水機。
К.	Спасúбо. Ещё одúн вопрóс: где мóжно распечáтать докумéнты?	謝謝。還有一個問題：哪裡可以列印文件？
А.	Пришлúте файл на наш email-áдрес, и я Вам распечáтаю.	請把檔案寄到我們的電子信箱，我幫您列印。

【套用句型說說看】 MP3-08

В но́мере не рабо́тает телеви́зор.
房間的電視壞了。

интерне́т	отопле́ние
網路	暖氣
сейф	фен
保險箱	吹風機
кондиционе́р	электри́ческий ча́йник
空調	電熱水壺

Мо́жно Вас попроси́ть поменя́ть полоте́нца?
可以請您幫我換毛巾嗎？

бельё	но́мер
床單	房間

3 В аре́ндную пла́ту вхо́дят коммуна́льные услу́ги?

房租含公用事業費嗎？

【自由行必學單字】	MP3-09

俄文	中文
снима́ть—снять кварти́ру	租公寓
одноко́мнатная кварти́ра	單房公寓
двухко́мнатная кварти́ра	雙房公寓
заключа́ть—заключи́ть догово́р	簽約
аре́ндная пла́та	租金
депози́т	押金
коммуна́льные услу́ги	水、電、天然氣、暖氣等公用事業服務
до́ступ к интерне́ту [тэ][нэ]	上網權限
ме́бель (ж.)	傢俱
плита́	爐具
холоди́льник	冰箱
стира́льная маши́на	洗衣機
балко́н	陽台
ремо́нт	整修

Аре́нда кварти́ры

租公寓

MP3-10

Ар. – аренда́тор 房客   А. – арендода́тель 房東

Ар.	Вы сдаёте однокóмнатную кварти́ру?	您在出租單房公寓嗎？
А.	Да. Что Вас интересу́ет?	是的。您想知道什麼？
Ар.	Кварти́ра не óчень стáрая?	公寓不會很舊吧？
А.	Нет, в кварти́ре тóлько что сдéлали ремóнт. Кóмната свéтлая.	不會，內部剛重新整修好。房間採光好。
Ар.	Мéбель есть?	有傢俱嗎？
А.	Да, есть кровáть, дивáн, стол, стул и шкафы́.	有，有床、沙發、桌椅和櫃子。
Ар.	Когдá мóжно посмотрéть кварти́ру?	什麼時候可以看房子？
А.	Мóжно в любóе врéмя. Скажи́те, когдá вам удóбно.	任何時候都可以。請告訴我您何時方便。

<table>
<tr><td>會話
2</td><td># Об аре́ндной пла́те
關於房租</td><td>**MP3-11**</td></tr>
</table>

Ар. – аренда́тор 房客　　А. – арендода́тель 房東

Ар.	В аре́ндную пла́ту вхо́дят коммуна́льные услу́ги?	房租含公用事業費嗎？
А.	Нет. Коммуна́льные услу́ги, до́ступ к интерне́ту и телефо́нный счёт опла́чиваются отде́льно. Плюс депози́т.	不包含。公用事業、網路使用和電話帳單另外付。還要加上押金。
Ар.	Кака́я су́мма депози́та?	押金多少錢？
А.	Су́мма аре́ндной пла́ты за оди́н ме́сяц.	相當於一個月的租金。
Ар.	На како́й срок мо́жно заключи́ть догово́р аре́нды?	租約可以簽多久？
А.	На́ год.	一年。

【套用句型說說看】　　　　　　　　　MP3-12

В кварти́ре есть ме́бель?
公寓裡有傢俱嗎？

плита́ 爐具	пи́сьменный стол 書桌
микроволно́вка 微波爐	телефо́н 電話
холоди́льник 冰箱	до́ступ к интерне́ту 網路
стира́льная маши́на 洗衣機	балко́н 陽台

Слома́лся кран.

4

水龍頭壞了。

【自由行必學單字】	MP3-13
俄文	**中文**
лома́ться—слома́ться	壞掉
чини́ть—почини́ть	修理
замо́к	鎖
ру́чка две́ри	門把
кран	水龍頭
душ	蓮蓬頭
засо́р	堵塞
свет	燈
ла́мпочка	燈泡
выключа́тель	電燈開關
розе́тка	插座
што́ра; занаве́ска	窗簾
ма́стер	師傅
дежу́рный; дежу́рная (общежи́тия)	宿舍男／女值班人員

【俄羅斯人這麼說】

會話 1

Слома́лся кран

水龍頭壞了

MP3-14

Ар. – аренда́тор 房客　　А. – арендода́тель 房東

Ар.	В ва́нной слома́лся кран. Вы мо́жете помо́чь его́ почини́ть?	浴室水龍頭壞了。您可以幫忙修理嗎？
А.	К сожале́нию, на э́той неде́ле у меня́ не бу́дет вре́мени.	可惜我這星期都沒有時間。
Ар.	Мо́жно вы́звать ма́стера?	可以請師傅來嗎？
А.	Да. Дава́йте я позвоню́ ма́стеру. На како́е вре́мя договори́ться с ним?	可以。我打電話給師傅吧。要跟他約什麼時間？
Ар.	Я быва́ю до́ма днём в понеде́льник и четве́рг.	我星期一和星期四白天會在家。
А.	Хорошо́, я договорю́сь с ма́стером и Вам перезвоню́.	好，我跟師傅約好再打給您。
Ар.	Спаси́бо. Жду звонка́.	謝謝。我等您的電話。

В общежи́тии

會話 2

在宿舍

MP3-15

C. – студе́нт 學生　Д. – дежу́рная 宿舍值班人員

C.	До́брый ве́чер, у меня́ в ко́мнате ла́мпочка перегоре́ла.	您好，我房間燈泡燒壞了。
Д.	Кака́я у Вас ко́мната?	您是幾號房？
C.	205-я (Две́сти пя́тая).	205 號房。
Д.	Хорошо́. Приду́ поменя́ю ла́мпочку.	好。我會去換燈泡。
C.	Спаси́бо. Ещё в ра́ковине на ку́хне засо́р.	謝謝。還有，廚房水槽堵塞了。
Д.	На второ́м этаже́? Дава́йте пойдём посмо́трим.	二樓的嗎？我們一起去看看。
C.	Дава́йте.	好。

【套用句型說說看】 MP3-16

Слома́лся кран.
水龍頭壞了。

замо́к
鎖
шкаф
櫃子
холоди́льник
冰箱

Слома́лась дверь.
門壞了。

ру́чка две́ри
門把
розе́тка
插座
электри́ческая плита́
電爐

Пло́хо рабо́тает телефо́н.
電話有點故障。

душ	выключа́тель
蓮蓬頭	電燈開關

第 2 章：交通

本章課題
（1）航空
（2）鐵路
（3）大眾運輸
（4）問路

Мне, пожа́луйста, ме́сто у прохо́да.

請給我靠走道的位子。

【自由行必學單字】	MP3-17
俄文	**中文**
аэропо́рт	機場
термина́л	航廈
авиакомпа́ния	航空公司
регистра́ция	報到
вы́лет	起飛
прилёт	抵達
заде́ржка ре́йса	班機延誤
бага́ж; чемода́н и ручна́я кладь	行李；行李箱與手提行李
переве́с	超重
поса́дочный тало́н	登機證
вы́ход на поса́дку	登機門
прохо́д	走道
прямо́й рейс	直飛航班
транзи́т; переса́дка	轉機

【俄羅斯人這麼說】

Регистра́ция на ре́йс
班機報到

MP3-18

С. – сотру́дник авиакомпа́нии 航空公司人員   П. – пассажи́р 旅客

С.	Здра́вствуйте! Ваш па́спорт, пожа́луйста. Положи́те бага́ж на ле́нту.	您好！請給我您的護照。行李請放上輸送帶。
П.	Пожа́луйста. Мо́жно зарегистри́ровать бага́ж до Тайбэ́я? И е́сли мо́жно, мне ме́сто у прохо́да.	護照在這裡。可以幫我把行李直掛台北嗎？如果可以的話，給我靠走道的位子。
С.	К сожале́нию, все места́ у прохо́да за́няты.	可惜所有靠走道的位子都滿了。
П.	Тогда́ дава́йте ме́сто у окна́.	那就靠窗的位子吧。
С.	Хорошо́. Э́то Ваш поса́дочный тало́н. Вы́ход на поса́дку 21-й (два́дцать пе́рвый). Поса́дка зака́нчивается в 15.40 (пятна́дцать со́рок).	好的。這是您的登機證。登機門 21 號。15:40 關閉登機門。
П.	Спаси́бо.	謝謝。

會話2 В слу́жбе ро́зыска багажа́
在行李掛失處

MP3-19

П. – пассажи́р 旅客　С. – сотру́дник авиакомпа́нии 航空公司人員

П.	До́брый день. Мой бага́ж не пришёл.	您好。我的行李沒到。
С.	Пожа́луйста, покажи́те Ваш поса́дочный тало́н и бага́жную би́рку. Запо́лните э́ту фо́рму.	請出示您的登機證和行李託運存根，並填寫這個表格。
П.	Всё запо́лнил.	填好了。
С.	Мы постара́емся его́ найти́ как мо́жно скоре́е.	我們會盡快找到它。
П.	А е́сли его́ не найду́т?	如果沒找到呢？
С.	Тогда́ Вы полу́чите де́нежную компенса́цию.	您會得到金錢補償。

Вы не ска́жете*, где сто́йка трансфе́ра?
請問，轉機櫃檯在哪裡？

сто́йки регистра́ции на междунаро́дные ре́йсы 國際班機報到櫃檯	тамо́жня 海關
сто́йки регистра́ции на вну́тренние ре́йсы 國內班機報到櫃檯	слу́жба ро́зыска багажа́ 行李掛失處
досмо́тр 安全檢查	запо́лнить миграцио́нную ка́рту ** 填寫入出境卡（的地方）
па́спортный контро́ль 護照檢查	вы́ход к остано́вкам городско́го тра́нспорта 通往市區公車站的出口

* 表達「請問」，可以用 (1) Сказа́ть 的命令式、(2) Вы + не + сказа́ть 的第二人稱複數形或 (3) Вы + не + подсказа́ть 的第二人稱複數形，(2)、(3) 以問句表達，比 (1) 更委婉客氣：

(1) Скажи́те, пожа́луйста, … .

(2) Вы не ска́жете, … ?

(3) Вы не подска́жете, … ?

**Миграцио́нная ка́рта 俄羅斯入出境卡：旅客填寫好後，在入境時，海關會撕去一聯，第二聯務必全程和護照一起隨身攜帶，以便隨時接受查驗。出境時必須繳回入出境卡第二聯，切勿遺失。

莫斯科（Москва）多莫杰多沃（Домоде́дово）機場

海參崴（Владивосто́к）機場大廳

2 Ско́лько сто́ит биле́т в купе́?

四人包廂的臥舖一張票多少錢？

【自由行必學單字】	MP3-21

俄文	中文
желе́зная доро́га; ж/д	鐵路
вокза́л	火車站
расписа́ние поездо́в	火車時刻表
ка́мера хране́ния	行李寄放處
поезда́ да́льнего сле́дования	長途火車
поезда́ бли́жнего сле́дования	短途火車
при́городные поезда́	近郊火車
электри́чка	電氣列車
ка́сса	售票口
ж/д биле́ты; биле́ты на по́езд	火車票
биле́т туда́ и обра́тно	來回票
биле́т в одну́ сто́рону	單程票
цена́; сто́имость	價格
маршру́т	路線
да́та	日期

俄文	中文
отправле́ние	出發
прибы́тие	抵達
вре́мя в пути́	行駛時間
ста́нция	停靠站
платфо́рма; перро́н	月台
путь (м.)	軌道（車站時刻表上顯示的乘車位置）
ваго́н	車廂
ме́сто	座位、臥鋪位置
ве́рхняя по́лка	上鋪
ни́жняя по́лка	下鋪

【車廂種類】

俄文	中文
сидя́чий	坐席
плацка́рт; плацка́ртный ваго́н	無包廂臥鋪車廂
купе́ [пэ]	四人臥鋪包廂
СВ; спа́льный ваго́н	一至三人臥鋪頭等包廂
люкс	雙人臥鋪豪華包廂

【俄羅斯人這麼說】

會話 1

Покýпка билéта на пóезд
買火車票

MP3-22

П. – пассажи́р 旅客　К. – касси́р 售票員

П.	Мне нужны́ два билéта до Петербýрга на 20-е (двадца́тое) число́, на 11 (оди́ннадцать) часо́в вéчера.	我要兩張 20 號去彼得堡的票，晚上 11 點的。
К.	На 11.10 (оди́ннадцать дéсять) есть пóезд.	11:10 有一班。
П.	Когда́ пóезд прибыва́ет в Петербýрг?	火車何時抵達彼得堡？
К.	В 5.44 (пять со́рок четы́ре) утра́.	早上 5:44。
П.	Хорошó.	好的。
К.	Вам како́й ваго́н? Плацка́рт? Купé? Люкс?	您要哪一種車廂？無包廂臥鋪車廂、四人包廂臥鋪、雙人豪華包廂臥鋪？
П.	Скóлько стóит билéт в купé?	四人包廂臥鋪一張票多少錢？
К.	3897 (Три ты́сячи восемьсо́т девяно́сто семь) рублéй.	3897 盧布。
П.	Да́йте, пожа́луйста, ни́жние пóлки в купé.	請給我四人包廂的下鋪位置。
К.	Оста́лись тóлько вéрхние пóлки.	只剩上鋪了。
П.	Хорошó. Дава́йте.	好吧。

會話 2 На платфо́рме
在月台

MP3-23

П. – пассажи́р 旅客　Пр. – проводни́к 列車員

П.	С како́го пути́ отправля́ется по́езд 034A в Петербу́рг?	往彼得堡的 034A 班次火車從第幾軌道出發？
Пр.	С 1-го (пе́рвого) пути́.	從第一軌道。
П.	Спаси́бо.	謝謝。
	(Пассажи́р нашёл 1-й путь и подхо́дит к проводнику́.)	（旅客找到第一軌道並走向列車員。）
	Это 10-й (деся́тый) ваго́н?	這是 10 號車廂嗎？
Пр.	Да. Ваш па́спорт, пожа́луйста.	是的。請出示您的護照。*
П.	Пожа́луйста. Вы не подска́жете, где нахо́дится ваго́н-рестора́н?	在這裡。請問餐廳車廂在哪裡？
Пр.	В 8-м (восьмо́м) ваго́не.	在第 8 車廂。

* 搭程長途火車一定要帶護照。

По́езд отправля́ется в 23.10 (два́дцать три де́сять).
火車晚上 11:10 **發車。**

че́рез 20 (два́дцать) мину́т 20 分鐘後	в 12.07 (двена́дцать ноль семь) дня 中午 12:07
че́рез полчаса́ 半小時後	в 15.30 (пятна́дцать три́дцать) 下午 3:30
че́рез два часа́ 2 小時後	в 20.50 (два́дцать пятьдеся́т) 晚上 8:50
в 7.45 (семь со́рок пять) утра́ 早上 7:45	в 0.28 (ноль два́дцать во́семь) 凌晨 00:28

聖彼得堡「芬蘭火車站」發車時刻表，上面有車次（но́мер）、車種（тип）、終點站名（назначе́ние）、出發時間（вре́мя）和火車出發軌道（путь）等資訊。

【俄羅斯自由行】

　　莫斯科有九個火車站，前往不同的城市各有特定的出發火車站，例如「列寧格勒（聖彼得堡舊名）火車站」（Ленингра́дский вокза́л）是前往聖彼得堡的出發站；「基輔火車站」（Ки́евский вокза́л）是前往烏克蘭首都基輔的出發站；要去白俄羅斯首都明斯克、波蘭首都華沙或捷克首都布拉格，則要從「白俄羅斯火車站」（Белору́сский вокза́л）出發。以目的地來命名火車站，和我們所習慣的火車站命名方式很不一樣。

　　聖彼得堡則有五個火車站，若要前往莫斯科，就要從「莫斯科火車站」（Моско́вский вокза́л）出發了。因此，在這些大都會搭乘火車，要特別留意出發和抵達的火車站名和所在位置。

　　另外，在火車站購票時要注意，長途和短途的車票通常於不同的售票口出售，例如從莫斯科到聖彼得堡，要在長途售票口（ка́ссы да́льнего сле́дования）購買，前往城市近郊則在短途售票口（при́городные ка́ссы）購買，萬一排錯地方，只好多花時間重排一次隊。

　　購票時選擇車廂種類也是一門學問，短途火車比較簡單，都是座位票；如果搭乘五、六小時以上車程的火車，則有坐席、臥鋪可選擇（車廂種類請參考本單元【自由行必學單字】）。以長途火車來說，坐席最便宜，臥鋪則根據包廂人數和舒適程度而有不同價位。一般來說，如果經濟狀況許可，通常選擇四人包廂臥鋪（купе́）等級以上，如此搭乘夜車一覺醒來，便有充足的精神可以展開一日行程。

　　除了在火車站購票，也可至俄羅斯鐵路的網路購票系統 http://rzd.ru/ 或者手機安裝 РЖД (Росси́йские желе́зные доро́ги) app 購買火車票。以下為網路購票系統查詢莫斯科—聖彼得堡車票的畫面：

列寧格勒火車站　　　　　　　車廂種類　剩餘車票數量　最低價格

豪華列車　列車名稱：北極號　終點站：莫曼斯克　行駛時間 8 時 39 分　莫斯科火車站

首站：別爾哥羅德　庫斯克火車站

高速列車　列車名稱：游隼號

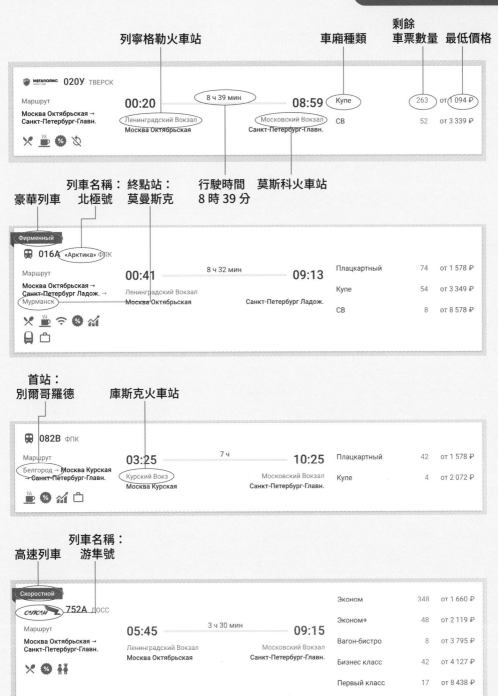

　　從畫面上可以注意到，依據班次不同，從莫斯科啟程的有「列寧格勒火車站」和「庫斯克火車站」（Ку́рский вокза́л）兩種，要注意別跑錯車站。另外，由於俄羅斯橫跨 11 個時區，在 2018 年 8 月以前，票面上顯示的出發和抵達時間都是莫斯科時間（моско́вское вре́мя; MCK），因此一不注意很容易弄錯時間而耽誤了行程；2018 年 8 月 1 日以後，票面上顯示的出發和抵達時間都改為當地時間（ме́стное вре́мя），並註明和莫斯科時間的時差，如 MCK+5。

　　以下為火車票資訊：

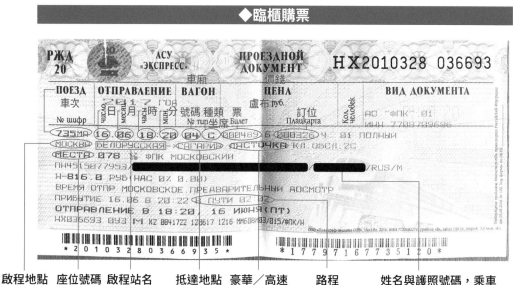

莫斯科─加加林火車票

◆網路購票

姓名與護照號碼

啟程地點、
火車站名

抵達地點、
火車站名
車次

月份
日期

當地與莫斯科
時間（МСК）
時差（無標示
+/- 表示為莫
斯科時間）

英文標示為當
地時間與世
界協調時間
（UTC）
時差（+3）

坐席車廂

豪華／高速
列車名稱

有預訂餐點服
務的車種，預
訂內容會顯示
於此

莫斯科—聖彼得堡電子車票

3 Дáйте кáрту на двáдцать поéздок, пожáлуйста.

請給我一張 20 次的通行票卡。

【自由行必學單字】	MP3-25
俄文	**中文**
кáсса	售票口
автомáт	售票機
едúный билéт	(地鐵、公車、電車通用的) 聯票
жетóн	地鐵代幣
эскалáтор	手扶梯
стáнция	(地鐵) 站
останóвка	(公車、電車) 站
слéдующий	下一個
дéлать—сдéлать пересáдку	轉乘
лúния метрó	地鐵線
контролёр	(公車、電車) 查票員
штраф	罰款
(студéнческий) проезднóй билéт	學生月票
маршрýтка	小巴士

會話 1 Покýпка проезднóго билéта в метрó
買地鐵票

MP3-26

П. – пассажúр 乘客　К. – кассúр 售票員

П.	Бýдьте добрьú, кáрту на 20 (двáдцать) поéздок, пожáлуйста.	麻煩給我一張 20 次的票卡。
К.	Вы турúст? На скóлько Вы приéхали?	您是遊客嗎？來這裡待幾天？
П.	Да. Я на три дня.	是的。我待三天。
К.	Тогдá Вам вьúгоднее купúть билéт на трóе сýток.	那您買三日票卡比較划算。
П.	О! Хорошó! Тогдá мне одúн билéт на трóе сýток. Скóлько э́то стóит?	喔！太好了！那請給我一張三日票。多少錢？
К.	С Вас 438 (четьúреста трúдцать вóсемь) рублéй.	您要付 438 盧布。

會話 2 В авто́бусе
在公車上

MP3-27

К. – контроле́р 查票員   П. – пассажи́р 乘客

К.	Опла́чивайте прое́зд, пожа́луйста.	請付車票錢。
П.	Ско́лько сто́ит оди́н биле́т?	一張票多少錢？
К.	40 (со́рок) рубле́й.	40 盧布。
П.	Ой! У меня́ то́лько 500 (пятьсо́т) рубле́й. У Вас бу́дет сда́ча?	哎呀！我只有 500 元鈔。您可以找錢嗎？
К.	Да, бу́дет сда́ча, но о́чень мно́го ме́лочи.	可以，找得開。但是會有很多零錢。
П.	Ничего́ стра́шного. Спаси́бо. Вы не подска́жете, когда́ мне выходи́ть у Дворцо́вой пло́щади?	沒關係。謝謝。請問到冬宮廣場我應該什麼時候下車？
К.	Да, коне́чно. Я Вам скажу́, когда́ выходи́ть.	好的，當然。我會告訴您什麼時候下車。

【套用句型說說看】 （坐計程車時）　　　MP3-28

Останови́тесь на перекрёстке, пожа́луйста!
請停在十字路口。

на светофо́ре 紅綠燈處	у магази́на 商店旁
по́сле светофо́ра 過紅綠燈後	во́зле апте́ки 藥局旁邊
у до́ма № 5 5 號房子旁	за бе́лой маши́ной 白車後面
у подъе́зда 大門旁	во дворе́ 庭院裡

莫斯科單次聯票（地鐵、公車、電車通用）

聖彼得堡地鐵儲值卡

聖彼得堡地鐵代幣

4　Как пройти́ к Большо́му теа́тру?

請問大劇院往哪走？

【自由行必學單字】	MP3-29

俄文	中文
пройти́ *по чему́; че́рез что*	沿著……走
дойти́ *до чего́*	走到……
перейти́ *че́рез что*	走到……對面
идти́ в сто́рону *чего*	往……方向走
поверну́ть; сверну́ть (СВ) нале́во	左轉
поверну́ть; сверну́ть (СВ) напра́во	右轉
на сле́дующем поворо́те	在下一個轉彎處
наискосо́к	在斜對角
напро́тив	在對面
подзе́мный перехо́д	地下人行道
светофо́р	紅綠燈
перекрёсток	十字路口
проспе́кт	大道
переу́лок	巷子
бульва́р	林蔭道；街心花園
сквер	（廣場或大街上的）小公園
на́бережная	濱河街

我的俄文自由行

【俄羅斯人這麼說】

Как пройти?
怎麼走？

MP3-30

Т. – тури́ст 遊客　　П. – прохо́жий 路人

Т.	Вы не подска́жете, как пройти́ к Кра́сной пло́щади?	請問紅場怎麼走？
П.	Вам ну́жно идти́ в сто́рону Большо́го теа́тра, перейти́ доро́гу на другу́ю сто́рону. Зате́м идти́ по ле́вой стороне́, никуда́ не свора́чивая, пока́ не уви́дите ста́нцию метро́ «Охо́тный ряд». Тогда́ Вы сле́ва уви́дите Кремль, а там Кра́сная пло́щадь.	您要往大劇院方向走，過馬路到對面去。然後沿著左邊走，都不要轉彎，一直到看見獵人商行地鐵站為止。然後您會在左邊看見克里姆林宮，紅場就在那裡。
Т.	Большо́е спаси́бо. Наде́юсь, что найду́.	非常謝謝。希望我找得到。

Как доéхать?

怎麼走？

Т. – турúст 遊客   П. – прохóжий 路人

Т.	Вы не подскáжете, как доéхать до Ленингрáдского вокзáла?	請問列寧格勒火車站怎麼走？
П.	Вам нýжно сесть на автóбус №15 (нóмер пятнáдцать), доéхать до стáнции метрó «Арбáтская». Сдéлайте пересáдку на крáсную лúнию, стáнцию «Библиотéка им. Лéнина», и по крáсной лúнии до стáнции «Комсомóльская», где и нахóдится вокзáл.	您要搭 15 號公車，坐到阿爾巴特地鐵站。轉車到紅線的列寧圖書館站，沿著紅線坐到共青團站，火車站就在那裡。
Т.	Большóе спасúбо. А на какóй сторонé ýлицы мне нужнá автóбусная останóвка?	非常謝謝。我應該要在路的哪一邊搭公車？
П.	Напрóтив.	對面。
Т.	Спасúбо.	謝謝。

【這個俄文怎麼說】 MP3-32

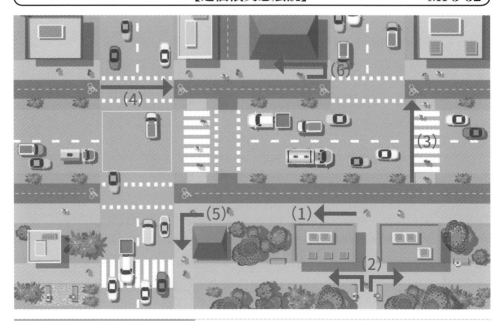

(1) 直走。	Идите прямо.
(2.1) 左轉。	Сверните налево.
(2.2) 右轉。	Поверните направо.
(3) 過馬路。	Перейдите через улицу.
(4) 過十字路口。	Перейдите через перекрёсток.
(5) 過了轉角轉彎。	Заверните за угол.
(6) 往回走。	Вернитесь в обратную сторону.
(7) 走地下人行道到對面。	Перейдите на другую сторону через подземный переход.
(8) 左手邊會是藥局。	По левую руку будет аптека.
(9) 右手邊會是商店。	По правую руку будет магазин.
(10) 斜角穿過小公園。	Пройдите через сквер наискосок.

第 3 章：電話與網路

1 Меня́ интересу́ет э́та о́пция.

我想詢問這個方案。

【自由行必學單字】	MP3-33
俄文	**中文**
моби́льная; со́товая связь	行動通訊
опера́тор свя́зи	電信業者
сало́н свя́зи	電信業者門市
сим-ка́рта; си́мка	SIM 卡
моби́льный интерне́т [тэ][нэ]	行動網路
вы́годный	划算
вариа́нт	選項、選擇
тари́ф	費率
о́пция	方案
ме́стный звоно́к	當地電話
абоне́нтская пла́та	月租費
ро́уминг	漫遊
безлими́тный	無限量的
Гб; Гбайт; Гигаба́йт	GB（數據單位）

Поку́пка сим-ка́рты (1)

會話 1

買 SIM 卡（一）

MP3-34

К. – клие́нт 顧客　Р. – рабо́тник сало́на свя́зи 電信門市工作人員

К.	Здра́вствуйте. Вы не подска́жете, у Вас мо́жно приобрести́ сим-ка́рту?	您好。請問這裡可以買 SIM 卡嗎？
Р.	Да, коне́чно! Како́й опера́тор свя́зи Вас интересу́ет?	當然可以。您想要哪一家電信公司？
К.	Мне гла́вное, что́бы интерне́т хорошо́ лови́л, звонки́ мне почти́ не нужны́.	對我來說，最重要的是網路收訊好，我幾乎不需要通話功能。
Р.	Я́сно. Вот смотри́те, у Била́йна есть тари́ф «дома́шний и моби́льный интерне́т». Если Вас интересу́ет дома́шний интерне́т, то э́то весьма́ вы́годный вариа́нт. У МТС [эмтээс] тари́фы на 5 Гб (пять Гигаба́йт), 7 (семь) Гб и 10 (де́сять) Гб интерне́та.	了解了。您看，Beeline 有「家用加行動網路」費率。如果您想要家用網路，這個選項很划算。MTS 有 5GB、7GB 和 10GB 網路。
К.	А ско́лько бу́дет сто́ить у МТС 5 Гб?	MTS 5GB 多少錢？
Р.	5 Гб бу́дет сто́ить 500 (пятьсо́т) рубле́й в ме́сяц. За таку́ю су́мму я бы посове́товал Вам МегаФо́н «интерне́т М» за 590 (пятьсо́т девяно́сто) рубле́й в ме́сяц, 16 (шестна́дцать) Гб.	5GB 一個月 500 盧布。這樣的金額我會建議您選 MegaFon 的「M 網路」方案，一個月 590 盧布，16GB。
К.	Отли́чно! Мне э́то подхо́дит.	好極了！這個很適合我。

Поку́пка сим-ка́рты (2)
會話 2 · 買 SIM 卡（二）

MP3-35

К. – клие́нт 顧客　Р. – рабо́тник сало́на свя́зи 電信門市工作人員

К.	До́брый день! Меня́ интересу́ет о́пция «ВСЁмоё» у Била́йна.	您好！我想詢問 Beeline 的「都是我的」方案。
Р.	Хорошо́. Скажи́те, Вам бо́льше нужны́ звонки́ ме́стные и́ли по Росси́и?	好的。請問您比較需要本地的通話還是俄羅斯跨區的？
К.	Ду́маю, что по Росси́и.	我想是俄羅斯跨區的吧。
Р.	Тогда́ я Вам рекоменду́ю о́пцию «ВСЁмоё 2»: 17 (семна́дцать) Гб интерне́та, 600 (шестьсо́т) мину́т на все номера́ по Росси́и и 300 (три́ста) SMS [эсэмэс]. Всё э́то сто́ит 600 рубле́й в ме́сяц.	那我建議您選「都是我的 2」方案：網路 17 GB，含俄羅斯國內所有號碼通話 600 分鐘，300 則簡訊。這樣每個月總共付 600 盧布。
К.	Большо́е спаси́бо! Тогда́ я беру́ её.	非常感謝！那我買這個方案。
Р.	Хорошо́, Ваш па́спорт, пожа́луйста.	好的，請給我您的護照。

Меня́ интересу́ет тари́ф с безлими́тным интерне́том.
我想詢問無限量上網的費率。

с безлими́тными звонка́ми на МТС	с вы́годными междугоро́дними звонка́ми
MTS 網內通話免費	優惠跨城市通話
с абоне́нтской пла́той	с междунаро́дным ро́умингом
需繳月租費	國際漫遊
без абоне́нтской пла́ты	на 5 Гб интерне́та
不需繳月租費	5GB 網路
без интерне́та	за 500 рубле́й в ме́сяц
不上網	一個月 500 盧布

【俄羅斯自由行】

　　俄羅斯較大的電信公司有 MTC、МегаФóн、Билáйн 等。俄羅斯電信公司的行動網路及通話費相對便宜，除了在市區的各家電信門市購買 SIM 卡，機場的入境大廳通常也有電信公司的臨時櫃檯。如果是一般旅客，可以考慮在機場購買計量的 SIM 卡（如 10 Гб、15 Гб 等）供短期使用；機場的方案選擇雖然較少，但如果提供的價格可接受，好處是立刻有網路可用。停留時間較長或時間充裕的話，可以到市區的電信門市按照自己的需求來選擇方案，並儲值適當的金額以便扣款。

　　無論購買 SIM 卡或後續在門市查詢個人門號問題，都需要出示護照。購買好 SIM 卡之後，最好當場安裝，確認使用沒有問題。另外，從國外打電話到俄羅斯要冠上國碼 +7；而在俄羅斯境內用當地門號撥打俄羅斯的任何號碼，前面則可以冠上 8 或 +7，手機撥打 8 字頭有可能遇到無法接通的狀況，因此，即使查詢到的當地電話是 8 字頭，也建議改撥 +7。

2 Комиссию берут при оплате?

儲值收手續費嗎？

【自由行必學單字】	MP3-37
俄文	**中文**
пополнить (СВ) счёт	儲值
платёж; оплата	付款
комиссия	手續費
платёжный терминал	繳費機、儲值機
загрузить; скачать (СВ)	下載
установить (СВ)	安裝
мобильное приложение	手機 App
зарегистрироваться (СВ)	註冊
личный кабинет	網路個人帳戶、會員服務
баланс	餘額
последние операции	最近交易紀錄
квитанция	收據
акция	優惠活動
подключить (СВ); подключение	開通（電信服務）

【俄羅斯人這麼說】

會話 1

Пополне́ние счёта моби́льной свя́зи

儲值電話費

MP3-38

К. – клие́нт 顧客　Р. – рабо́тник сало́на свя́зи 電信門市工作人員

К.	Здра́вствуйте! Я бы хоте́л попо́лнить счёт на 500 (пятьсо́т) рубле́й. *	您好！我想儲值 500 盧布。
Р.	Скажи́те но́мер Ва́шего телефо́на.	請問您的電話號碼。
К.	950-542-29-82 (Девятьсо́т пятьдеся́т – пятьсо́т со́рок два – два́дцать де́вять – во́семьдесят два). Коми́ссию берёте?	9505422982。要收手續費嗎？
Р.	Нет, то́лько че́рез платёжный термина́л мо́гут брать коми́ссию. Кста́ти, опла́та че́рез ли́чный кабине́т то́же без коми́ссии. Вам ну́жно то́лько загрузи́ть на́ше моби́льное приложе́ние, зарегистри́роваться в ли́чном кабине́те, и там Вы смо́жете попо́лнить счёт, а та́кже прове́рить бала́нс и после́дние опера́ции.	不收，只有透過儲值機才有可能被收手續費。還有，透過網路個人帳戶繳費也免手續費。您只需要下載我們的手機 App，註冊個人帳戶，您就可以在那裡儲值，還可查詢帳戶餘額和最近交易紀錄。
К.	Хорошо́. Спаси́бо за сове́т!	好的。謝謝您告訴我。
Р.	Ваш счёт попо́лнен. Вот Ва́ша квита́нция.	儲值好了。這是您的收據。

* 表達「我想⋯⋯」除了說 (1) Я хочу́⋯，也可說 (2) Я бы хоте́л(а)⋯，後者語氣較委婉客氣。

Изменение тарифа

會話 2 更換費率

MP3-39

К. – клие́нт 顧客   Р. – рабо́тник сало́на свя́зи 電信門市工作人員

К.	До́брый день! Я бы хоте́л поменя́ть тари́ф.	您好！我想更換費率。
Р.	Ваш па́спорт, пожа́луйста. Посмо́трим, како́й тари́ф у Вас.	請給我您的護照。我們看看您現在的費率。
К.	Возьми́те. Я хочу́ перейти́ на безлими́тный интерне́т. Каки́е вариа́нты есть?	請拿去。我想換成無限量上網，有哪些選項？
Р.	У нас сейча́с прохо́дит а́кция – «Тари́фище». Тари́ф включа́ет безлими́тный интерне́т, 500 (пятьсо́т) мину́т звонко́в и 500 SMS на все се́ти – всего́ за 650 (шестьсо́т пятьдеся́т) рубле́й в ме́сяц.	我們現在有一個優惠活動「大費率」。這個費率包括無限量上網、網內網外的 500 分鐘通話和 500 則簡訊——每月只要 650 盧布。
К.	Э́то мне подхо́дит.	這個很適合我。
Р.	Тогда́ мы Вам его́ подключи́м. Приме́рно че́рез час Вы полу́чите SMS-сообще́ние об успе́шном подключе́нии о́пции.	那我們為您開通這個費率。大約一小時後您會收到簡訊，通知方案開通成功。

【套用句型說說看】　　　　　MP3-40

Я бы хотéл(а) поменя́ть тари́ф, потому́ что мно́го плачу́ за интернéт.

我想更換費率，因為我付網路的費用太高。

мéсяц 月租費	исходя́щие звонки́ в ро́уминге 撥打漫遊電話
мéстные звонки́ 本地通話	входя́щие звонки́ в ро́уминге 接收漫遊電話
междугоро́дние звонки́ 跨城市通話	интернéт в ро́уминге 網路漫遊
SMS 簡訊	моби́льную связь в ро́уминге 行動通訊漫遊

3 У меня́ не рабо́тает интерне́т.

我的網路不能用了。

【自由行必學單字】	MP3-41

俄文	中文
интерне́т-прова́йдер [дэ]	網路服務業者
пода́ть (СВ) зая́вку	提出申請
сайт	網站
ма́стер	師傅
обору́дование	設備
подключа́ться—подключи́ться	接通（線路）
подключе́ние интерне́та	網路接通（連線）
догово́р; контра́кт	合約
абоне́нт	用戶
подпи́сывать—подписа́ть	簽（約）
ро́утер [тэ]	無線路由器
нестаби́льно	不穩定
сигна́л	訊號
отключа́ться—отключи́ться	斷線

會話 1
Подключе́ние дома́шнего интерне́та
接通家用網路

MP3-42

O. – опера́тор 電話客服人員　К. – клие́нт 顧客

O.	Здра́вствуйте! Э́то компа́ния МТС. Вы оставля́ли на на́шем са́йте зая́вку на подключе́ние интерне́та?	您好！這裡是 MTS 公司。您在我們的網頁填了一份家用網路申請書嗎？
К.	Да, здра́вствуйте, я Вас слу́шаю.	是的，您好，請說。
O.	Скажи́те, Вам бу́дет удо́бно за́втра в 12 (двена́дцать) часо́в дня?	請問，明天中午 12 點您方便嗎？
К.	Да, в э́то вре́мя я бу́ду до́ма.	方便，這個時間我會在家。
O.	Отли́чно! Наш ма́стер со всем обору́дованием прие́дет к Вам в 12.00.	太好了！我們的師傅在 12 點會帶著所有設備到您那裡。
К.	Хорошо́, спаси́бо!	好的，謝謝！

會話 2

Звоно́к в интерне́т-прова́йдер

打電話給網路服務公司

MP3-43

K. – клие́нт 顧客　　O. – опера́тор 電話客服人員

K.	Здра́вствуйте, я бы хоте́л узна́ть, почему́ у меня́ не рабо́тает интерне́т.	您好，我想請問為什麼我的網路不能用。
O.	До́брый день! Скажи́те Ваш но́мер догово́ра и фами́лию, и́мя, о́тчество абоне́нта, пожа́луйста.	您好！請問您的合約號碼和用戶的姓名和父名＊。
K.	Ой, а что де́лать, е́сли я не зна́ю? Про́сто догово́р подпи́сывал не я.	啊，如果我不知道怎麼辦？因為合約不是我簽的。
O.	В тако́м слу́чае, Вы должны́ про́сто узна́ть э́ти да́нные.	這樣的話，您必須問出這些資訊。
K.	Хорошо́! Я узна́ю и перезвоню́ Вам.	好的！我問到再打過來。
O.	Мы бу́дем ра́ды Вам помо́чь! До свида́ния. Спаси́бо за звоно́к!	我們很樂意為您服務！再見。謝謝來電！

＊ 俄羅斯人的姓名由三個部分組成：姓・名・父名。父名是以父親的名字加上適當的後綴構成，男生和女生的父名後綴不同，男生一般是 -ович，女生是 -овна。例如：父親叫 Ива́н，兒子和女兒的父名就分別是 Ива́нович 和 Ива́новна。

【套用句型說說看】　　　　　　　　MP3-44

Я бы хоте́л(а) узна́ть, почему́ у меня́ не рабо́тает интерне́т.
我想請問為什麼我的網路不能用了。

不能用了	
не рабо́тает ро́утер 無線路由器不能用了	не рабо́тает Wi-Fi 無線網路不能用了
ме́дленно рабо́тает интерне́т 網速很慢	ча́сто отключа́ется Wi-Fi 無線網路常斷線
пло́хо рабо́тает интерне́т 網路連線不太好	сла́бый сигна́л Wi-Fi 無線網路訊號弱
нестаби́льно рабо́тает интерне́т 網路連線不穩	нет сигна́ла Wi-Fi 無線網路無訊號

Его́ сейча́с нет на ме́сте. А кто его́ спра́шивает?

他現在不在位子上。請問哪裡找？

【自由行必學單字】	MP3-45
俄文	中文
переда́ть (СВ)	轉告
отпра́вить (СВ)	寄出
курье́рская слу́жба	快遞服務
перезвони́ть (СВ)	重撥（電話）
освободи́ться (СВ)	有空
тру́бка	話筒
пове́сить (СВ) тру́бку	掛上電話
набра́ть (СВ) но́мер	撥號
отве́тить (СВ) на звоно́к	接電話
оста́вить (СВ) сообще́ние	留言
автоотве́тчик	語音留言
но́мер заблоки́рован	號碼停用
абоне́нт недосту́пен	無法接通用戶
вне зо́ны де́йствия сети́	不在通訊網絡服務區域內

【俄羅斯人這麼說】

會話 1 Ему́ что переда́ть?
要不要留言給他？

MP3-46

З. – звоня́щий 來電者　　О. – отвеча́ющий 接聽者

З.	Алло́! Здра́вствуйте! Мо́жно, пожа́луйста, Андре́я?	喂！您好！可以請安德烈聽電話嗎？
О.	Андре́я нет до́ма. Мо́жет бы́ть, ему́ что переда́ть?	安德烈不在家。要不要留言給他？
З.	Нет, спаси́бо. А когда́ он бу́дет?	不用了，謝謝。他什麼時候會在？
О.	Сказа́л, что придёт в шесть часо́в.	他說六點會回來。
З.	Тогда́ я позвоню́ ему́ ещё раз по́сле шести́, е́сли мо́жно.	那可以的話，我六點以後再打給他。
О.	Коне́чно мо́жно! Звони́те.	當然可以！請打來。
З.	Спаси́бо.	謝謝。

會話
2

Кто его спра́шивает?

請問哪裡找？

MP3-47

З. – звоня́щий 來電者　О. – отвеча́ющий 接聽者

З.	Добрый день! Мо́жно поговори́ть с Алексе́ем Ива́новичем?	您好！請找阿列克謝‧伊凡諾維奇。
О.	Его́ сейча́с нет на ме́сте. А кто его́ спра́шивает?	他現在不在位子上。請問哪裡找？
З.	Это Викто́рия из компа́нии «Альфа». Вы не передади́те ему́, что ну́жные ему́ докуме́нты мы уже́ отпра́вили курье́рской слу́жбой?	我是阿爾發公司的維多利亞。可不可以請您轉告他，他需要的文件我們已經快遞寄出？
О.	Хорошо́. Переда́м.	好的，我會轉告。
З.	А с кем я разгова́риваю?	請問您是？
О.	Ольга, его секрета́рь.	他的祕書奧莉嘉。
З.	Спаси́бо, Ольга! До свида́ния.	謝謝，奧莉嘉。再見。

【套用句型說說看】 MP3-48

Прости́те, я сейча́с за́нят. Позвони́те поздне́е.
對不起，我現在在忙。請晚點打來。

Перезвони́те мне че́рез 20 мину́т. 請過 20 分鐘後再打給我。	Позвоню́ че́рез пять мину́т. 我過 5 分鐘再打過來。
Я Вам перезвоню́. 我再打給您。	Перезвоню́ че́рез 15 мину́т. 我過 15 分鐘再打過來。
Позвоню́, как бу́ду до́ма. 我一到家就打給你。	Позвоню́, как освобожу́сь. 我一有空就打給你。
Освобожу́сь че́рез час. 一小時後我會有空。	Остава́йтесь на ли́нии. 請線上稍候。

第 4 章：學校

1 Скажи́те, пожа́луйста, когда́ бу́дет гото́во моё приглаше́ние?

請問我的邀請函何時會辦好？

【自由行必學單字】	MP3-49

俄文	中文
обраща́ться—обрати́ться *к кому́*	找……協助
учи́ться (НСВ) по обме́ну	以交換生身分學習
учи́ться (НСВ) на стажиро́вке	短期進修
экспре́сс-по́чта; курье́рская слу́жба	快遞
магистрату́ра	碩士班
заполня́ть—запо́лнить; заполне́ние	填寫
анке́та	表格
дипло́м	畢業證書
ко́пия	影印、影本
заверя́ть—заве́рить	辦理（文件）公證
нота́риус	公證人
сро́чный; сро́чно	緊急、急件
заплати́ть (СВ) за учёбу	繳學費
доска́ объявле́ний	公告欄

會話 1 Звонóк в отдéл по рабóте с инострáнными студéнтами

打電話到國際學生事務處

MP3-50

С. – студéнт 學生　P. – рабóтник 工作人員

С.	Здрáвствуйте! Я звоню́ с Тайвáня, по пóводу моегó приглашéния. К комý могý обрати́ться?	您好！我從台灣打來，想詢問關於我的邀請函。我可以請教哪位？
P.	Мóжно ко мнé.	可以跟我説。
С.	Меня́ зовýт Линь Вэйтин, из университéта Чжэнчжи. Собирáюсь приéхать по обмéну / на стажирóвку. Скажи́те, пожáлуйста, когдá бýдет готóво моё приглашéние?	我叫林偉廷，來自政治大學。我是以交換生／短期進修生的身份去就讀。請問我的邀請函什麼時候會辦好？
P.	Сейчáс посмотрю́… Да, нашлá. Вáше приглашéние бýдет готóво чéрез недéлю.	我看一下……好，找到了。您的邀請函一週後會辦好。
С.	Скажи́те, как я могý егó получи́ть?	請問我怎麼拿到邀請函？
P.	Это бýдет электрóнное приглашéние. Мы Вам егó отпрáвим по электрóнной пóчте.	這是電子邀請函。我們會用電子郵件寄給您。
С.	А мой электрóнный áдрес у Вас есть?	您有我的電子郵件地址嗎？
P.	Да, есть.	有的。
С.	Спаси́бо большóе!	非常感謝！

В отде́ле по рабо́те с иностра́нными студе́нтами

會話 2

在國際學生事務處

MP3-51

C. – студе́нт 學生 P. – рабо́тник 工作人員

C.	Здра́вствуйте! Меня́ зову́т Линь Вэйтин. Я прие́хал с Тайва́ня учи́ться в магистрату́ре.	您好！我叫林偉廷。我從台灣來唸碩士班。
P.	Здра́вствуйте! Вам ну́жно запо́лнить э́ти анке́ты. Вы принесли́ дипло́м?	您好！您需要填寫這些表格。畢業證書帶來了嗎？
C.	Да, пожа́луйста.	是的，在這裡。
P.	Вам ну́жно заве́рить ко́пию дипло́ма у нота́риуса. Попроси́те э́то сде́лать сро́чно.	您需要在公證處辦理畢業證書影本的公證。請他們以急件辦理。
C.	Хорошо́. А когда́ мне ну́жно бу́дет заплати́ть за учёбу?	好的。那什麼時候需要繳學費？
P.	По́сле заполне́ния докуме́нтов мы подгото́вим догово́р для Вас. И Вы смо́жете заплати́ть.	填好文件後，我們會準備好合約給您，就可以繳錢了。

【這個俄文怎麼說】 （在課堂上） MP3-52

可以問問題嗎？	Мо́жно вопро́с?
對不起，我沒聽清楚。	Извини́те, я не рассльı́шал.
對不起，我沒聽懂問題。	Извини́те, я не по́нял вопро́с.
請再重複一次。	Повтори́те ещё раз, пожа́луйста.
請解釋……這個詞。	Объясни́те, пожа́луйста, сло́во …
這個詞怎麼寫？	Как пи́шется э́то сло́во?
這個詞的重音在哪裡？	Где ударе́ние э́того сло́ва?
這個詞怎麼用？	Как употребля́ется э́то сло́во?

2 Мне нýжно продлѝть вѝзу.

我需要延長簽證。

【自由行必學單字】	MP3-53

俄文	中文
деканáт	系辦公室
кáфедра	教學研究室
зачётная книѝжка	成績簿
оформлѝть—офóрмить; оформлéние	辦理（文件）
читáтельский билéт	閱覽證
студéнческий билéт	學生證
продлевáть—продлѝть; продлéние	延長、延期
регистрáция (проживáния)	居住登記
миграцióнная кáрта	入出境卡
вѝзовый отдéл	簽證處
предъявлѝть—предъявѝть	出示
штамп	印章
расписáние занятий	課表
спрáвка	證明

【俄羅斯人這麼說】

В декана́те
在系辦公室

MP3-54

P. – рабо́тник 工作人員　С. – студе́нтка 學生

P.	Вы получи́ли зачётную кни́жку?	您拿到成績簿了嗎？
C.	Да, зачётную кни́жку я получи́ла, а как офо́рмить чита́тельский биле́т?	成績簿拿到了，那閱覽證要怎麼辦理呢？
P.	Для э́того Вам ну́жно пройти́ в библиоте́ку со свои́м студе́нческим биле́том и запо́лнить анке́ту. Спроси́те у библиоте́каря, он Вам подска́жет, что де́лать.	您需要帶著學生證前往圖書館填寫表格。詢問館員，他會告訴您怎麼做。
C.	Большо́е спаси́бо! А где библиоте́ка?	非常謝謝！圖書館在哪裡？
P.	Но сейча́с у Вас семина́р по исто́рии Росси́и. Не опа́здывайте. Преподава́тель мо́жет и не пусти́ть!	但是您現在有俄羅斯歷史討論課。別遲到了，老師可能不讓您進教室！
C.	Хорошо́, спаси́бо. Тогда́ я побежа́ла.	好的，謝謝。那我趕快去。

會話 2 Продле́ние ви́зы
辦理延長簽證

MP3-55

С. – студе́нт 學生   Р. – рабо́тник 工作人員

С.	Здра́вствуйте! Я студе́нт 1-го (пе́рвого) ку́рса магистрату́ры. Вот мой студе́нческий биле́т. Я по по́воду продле́ния ви́зы.	您好！我是碩士班一年級學生。這是我的學生證。我要辦延簽。
Р.	Да, ва́ши докуме́нты, пожа́луйста!	好的，請給我您的證件。
С.	Вот мой па́спорт, регистра́ция... Что ещё ну́жно?	這是我的護照、居住登記……還需要什麼？
Р.	Ва́ша миграцио́нная ка́рта.	您的入出境卡。
С.	А, да! Вот она́! Пожа́луйста.	啊，對！在這裡，請拿去。
Р.	Прися́дьте, я сде́лаю Вам ко́пию па́спорта. Пока́ па́спорт бу́дет находи́ться в ви́зовом отде́ле, Вы мо́жете предъявля́ть да́нную бума́гу.	稍坐一下，我影印一下您的護照。護照還在簽證處時，您可以出示這張文件。
С.	Мне не ну́жно бу́дет заверя́ть ко́пию у нота́риуса?	我需要公證這份影本嗎？
Р.	Нет, мы ста́вим на ко́пии специа́льный штамп, бо́льше ничего́ не ну́жно. Вот, возьми́те!	不需要，我們會在影本上蓋專用章，其它什麼都不需要做。
С.	Спаси́бо! А когда́ бу́дет гото́ва ви́за?	謝謝！簽證什麼時候會好？
Р.	Мы Вам сообщи́м. Всего́ до́брого!	我們會通知您。再見！

Вы не подскáжете, где заплатúть за учёбу?
請問在哪裡繳學費？

продлúть вúзу 辦理延長簽證	получúть читáтельский билéт 領閱覽證
получúть спрáвку с мéста учёбы 領在學證明	посмотрéть расписáние занятий 看課表
записáться на кýрсы 辦選課	запóлнить анкéту 填表
постáвить штамп 蓋章	сдéлать кóпию 影印

【俄羅斯自由行】

　　學生簽證（уче́бная ви́за）的辦理，除了需要備妥學校提供的邀請函（請見第1章：住宿篇的【俄羅斯自由行】）和一般簽證所需文件，還要準備愛滋病檢驗證明。辦好的學生簽證效期，並不會涵蓋預計停留俄羅斯的整個期間，而是要在抵達學校、報到後，於簽證有效期間內，至學校的國際學生事務處辦理延簽。延簽的核發通常費時一個月左右，有時更久，並且需要把護照一併交出；雖然學校會提供蓋章的護照影本，以證明護照用於延簽辦理，但這段期間還是無法處理需要出示護照正本的事務，例如搭乘火車、飛機等。

3 Я бы хоте́л поменя́ть ко́мнату.

我想換房間。

【自由行必學單字】	MP3-57
俄文	**中文**
дежу́рный; дежу́рная (общежи́тия)	宿舍男／女值班人員
сосе́д; сосе́ди	鄰居
шуме́ть (НСВ)	吵鬧
проси́ть—попроси́ть	請求
ти́ше	小聲一些
разгова́ривать (НСВ)	說話
поднима́ться—подня́ться	上樓
беспоко́йство	打擾
случа́ться—случи́ться	發生
меня́ть—поменя́ть ко́мнату	換房間
отде́л управле́ния	管理部門
приходи́ться—прийти́сь	只好、不得不
свобо́дное ме́сто	空位、空床
вме́сто *кого́-чего́*	取代

【俄羅斯人這麼說】

Жа́лоба на сосе́дей
抱怨鄰居

MP3-58

C. – студе́нт 學生　Д. – дежу́рная 宿舍值班人員

С.	До́брый ве́чер! Мо́жно Вас попроси́ть?	您好！可以麻煩您一件事嗎？
Д.	Да, слу́шаю.	好的，請說。
С.	В сосе́дней ко́мнате си́льно шумя́т. Вы не могли́ бы им сказа́ть, что́бы му́зыку поти́ше сде́лали и поти́ше разгова́ривали?	隔壁房間非常吵。您能不能跟他們說一下，讓他們音樂關小聲一點、說話小聲一點？
Д.	Кака́я у Вас ко́мната?	您是幾號房？
С.	315-я (Три́ста пятна́дцатая). Шумя́т сосе́ди спра́ва.	315 號房。吵的是右邊的鄰居。
Д.	Хорошо́. Пока́ иди́те к себе́. Я подниму́сь посмотрю́ чуть по́зже.	好，您先回房間。我待會就上去看看。
С.	Спаси́бо Вам большо́е!	非常謝謝！

Я бы хоте́ла поменя́ть ко́мнату.

我想換房間。

MP3-59

C. – студе́нтка 學生   Д. – дежу́рная 宿舍值班人員

С.	До́брый день! Извини́те за беспоко́йство!	您好！抱歉打擾了！
Д.	Да? Что́-то случи́лось?	請說，發生了什麼事嗎？
С.	Я бы хоте́ла поменя́ть ко́мнату. Вы не подска́жете, как э́то сде́лать?	我想換房間。您能告訴我該怎麼做嗎？
Д.	Тебе́ ну́жно в отде́л управле́ния. Но они́ сейча́с на обе́де. Придётся немно́го подожда́ть.	妳要去宿舍管理部門。不過他們現在午休。得等一下了。
С.	Да, коне́чно. А Вы не зна́ете, поменя́ть ко́мнату – э́то вообще́ возмо́жно?	好的，當然。那您知道換房間一般來說是有可能的嗎？
Д.	Возмо́жно, но лу́чше, е́сли ты сама́ поспра́шиваешь, где свобо́дные места́, и кто хо́чет жить вме́сто тебя́.	是可能的，但最好還是妳自己問一問，哪裡有空床、誰願意住妳原來的位子。
С.	Поняла́. Спаси́бо Вам большо́е!	明白了。非常謝謝！

【套用句型說說看】　　MP3-60

В сосе́дней ко́мнате си́льно шумя́т.

隔壁房間非常吵。

о́чень гро́мко разгова́ривают 說話非常大聲	гро́мко пою́т 大聲唱著歌
гро́мко игра́ет му́зыка 音樂很大聲	ссо́рятся 在吵架

Я бы хоте́ла поменя́ть ко́мнату. Вы не подска́жете, как э́то сде́лать?

我想換房間。您能告訴我該怎麼做嗎？

поменя́ть общежи́тие 換宿舍	офо́рмить про́пуск 辦通行證
сдать ве́щи в ка́меру хране́ния 把物品存放在儲藏室	вы́селиться 退宿

4 Я бы хотéл офóрмить абонемéнт.

我要辦借書證。

MP3-61

【自由行必學單字】	
俄文	**中文**
электрóнный катало́г	電子目錄
алфави́тный катало́г	字母序目錄
системати́ческий катало́г	分類目錄
абонемéнт	借書證
отдéл зáписи	辦理讀者證件部門
диссертáция	學位論文
исслéдование	研究
áвтор	作者
библиографи́ческий спи́сок	文獻書目
электрóнные ресýрсы	電子資源
ксéрокс	影印
читáльный зал	閱覽室
зал периóдики	期刊室
спрáвочный отдéл	參考室

Заказ книг
預約圖書

MP3-62

Ч. – читатель 讀者　Б. – библиотекарь 圖書館員

Ч.	Добрый день! Это список книг, которые мне нужны.	您好！這個清單是我需要的書。
Б.	Оформите, пожалуйста, заказ книг на компьютере. Вам нужно найти книги по электронному каталогу на нашем сайте, нажать на ссылку «Заказать» и отправить заказ. Когда статус заказа показывает «Выполнен», Вы можете прийти получить книги.	請在電腦上辦理預約。您需要在我們網站的電子目錄中找到書，按下「預約」連結然後送出預約。預約狀態顯示為「已完成」時，您就可以來取書。
Ч.	Хорошо. Скажите, а можно мне оформить абонемент?	好的。請問我可以辦借書證嗎？
Б.	Вы студент? У Вас есть студенческий билет?	您是學生嗎？有沒有學生證？
Ч.	Да.	有。
Б.	Тогда принесите Ваш студенческий билет, паспорт и две фотографии. Сотрудник отдела записи Вам оформит абонемент.	那麼請帶學生證、護照和兩張照片來。辦證處人員會幫您辦借書證。

В информацио́нном це́нтре библиоте́ки

在圖書館詢問處

Ч. – чита́тель 讀者　Б. – библиоте́карь 圖書館員

Ч.	Здра́вствуйте! Могу́ ли я получи́ть консульта́цию по по́иску информа́ции по те́ме диссерта́ции?	您好！我可以諮詢關於學位論文主題資料搜尋的問題嗎？
Б.	Да, коне́чно. Напиши́те здесь те́му Ва́шего иссле́дования, его́ ключевы́е те́рмины и а́второв, кото́рые Вам уже́ изве́стны. Мы помо́жем соста́вить библиографи́ческий спи́сок, кото́рый Вам пригоди́тся в нача́льном эта́пе рабо́ты.	當然可以。請在這裡寫下您的研究主題、它的關鍵詞，以及您已經知道的作者。我們幫您列出文獻書目，對您的初步工作會有幫助。
Ч.	Отли́чно. А мо́жно ещё узна́ть, как испо́льзовать электро́нные ресу́рсы библиоте́ки?	好極了。那還可以詢問如何使用圖書館電子資源嗎？
Б.	Да, мо́жно. Снача́ла напиши́те информа́цию о Ва́шем иссле́довании, я всё Вам объясню́.	可以的。您先寫下關於您研究的資訊，我會都跟您說明。
Ч.	Хорошо́. Спаси́бо.	好的，謝謝。

【套用句型說說看】 MP3-64

Здра́вствуйте! Мне ну́жно сде́лать ксе́рокс э́тих страни́ц.
您好！我需要影印這幾頁。

заказа́ть э́ти кни́ги 預約這些書（在閱覽室讀）	офо́рмить чита́тельский биле́т 辦閱覽證
взять э́ти кни́ги на́ дом 借這些書回家	офо́рмить абонеме́нт 辦借書證

Вы не подска́жете, где нахо́дится чита́льный зал?
請問，閱覽室在哪裡？

зал перио́дики 期刊室	зал иностра́нной литерату́ры 外國語文圖書室
спра́вочный отде́л 參考室	зал электро́нной библиоте́ки 電子館藏室

【俄羅斯自由行】

許多圖書館還保留著紙卡圖書目錄的查詢方式。
圖為烏拉爾聯邦大學圖書館的目錄室。

紙卡圖書目錄抽屜。

　　在俄羅斯的圖書館，大部分的書是不能借回家的，也非開架式取書閱覽，必須由館員到不對外開放的架上取書，並只能在閱覽室（чита́льный зал）閱讀。借書的方式是事先至圖書館網站的電子目錄（электро́нный катало́г）找到需要的書，線上送出書籍預約（зака́з книг），等處理狀態顯示為完成（зака́з вы́полнен）即可至櫃檯取書。有些較小的圖書館沒有線上預約服務，就要親自到圖書館的目錄室（зал катало́гов），在一張一張書目卡片中找到所需圖書的索書號（библиоте́чный шифр）等資訊，填寫借閱單，約一小時後讀者可到櫃檯取書。離開圖書館時，已經不再需要的書可以請館員歸架（забира́ть—забра́ть кни́ги 把書收走），還需繼續閱讀的書則請館員保留（оставля́ть—оста́вить кни́ги 保留圖書），這時候可以這麼說：「Эти мо́жете забра́ть, а э́ти – оста́вить.」（這些可以收走，這些請保留。）；保留的書籍在一段期間內（按照圖書館規定可能是一週到一個月不等）都可以回來快速取書，繼續閱讀。

　　一般圖書館有少數的書是可以借回家的，大學圖書館也會有一些課本類的書籍備有足夠的數量，讓修習某一課程的學生來借書回家，借期一學期或一學年，方便學生使用市面上已買不到的上課教材。

Memo

第 5 章：用餐

本章課題
（1）請人推薦餐廳
（2）速食店；叫外送
（3）電話訂位；在餐廳點餐
（4）付帳

1 Где́-нибу́дь есть кита́йская ку́хня?

有沒有推薦的中餐廳？

【自由行必學單字】	MP3-65

俄文	中文
рестора́н	餐廳
кафе́	咖啡館、小吃店
кофе́йня	小咖啡館
конди́терская	糖果點心店
кафе́ бы́строго пита́ния	速食店、快餐店
пиццери́я	披薩店
бистро́	小餐館、小酒館
вегетариа́нское кафе́	素食餐廳
бар	酒吧
столо́вая	食堂、學生餐廳
шаве́рма; шаурма́	沙威瑪、沙威瑪小吃店
пельме́нная	餃子館
кафе́ самообслу́живания	自助式餐館（取餐完按份量結帳）
шве́дский стол	自助餐（吃到飽或取餐完按份量結帳）

會話
1

Куда́ пойти́ пое́сть?
去哪裡吃？

MP3-66

В. – Вэйтин 偉廷　С. – Са́ша 薩莎

В.	Приве́т, Са́ша! Слу́шай, ты не зна́ешь, где тут побли́зости вку́сно и недо́рого пое́сть?	嗨，薩莎！你知道這附近哪裡可以吃一頓美味又不貴的餐點嗎？
С.	Коне́чно, зна́ю! Я тут живу́!	當然知道！我就住這一帶！
В.	Здо́рово! Смо́жешь мне показа́ть? А то я вчера́ о́чень невку́сно пое́л.	太好了！可以跟我說在哪裡嗎？不然我昨天吃了很難吃的一餐。
С.	С удово́льствием! Вон там, за угло́м есть о́чень ста́рая пельме́нная. Там о́чень вку́сные пельме́ни.	很樂意！就在那裡，轉角處有一間餃子館老店。那裡有很好吃的餃子。
В.	Отли́чно! Я ещё не про́бовал ру́сские пельме́ни!	好極了！我還沒嚐過俄羅斯餃子！
С.	А е́сли пройти́ две остано́вки, то бу́дет о́чень ую́тное кафе́. Там вку́сный ко́фе и све́жая вы́печка.	如果再走兩站的距離，會有一間舒適的咖啡館。那裡有好喝的咖啡和新鮮的烘焙點心。
В.	Звучи́т зама́нчиво!	聽起來很誘人！

Пойдём в ресторан!

2 一起去餐廳吧！

MP3-67

В. – Вэйтин 偉廷　　С. – Саша 薩莎

В.	Саша, ты не знаешь, где-нибудь поблизости есть китайская кухня? Пойдём вместе?	薩莎，你知道附近哪裡有中餐廳嗎？我們一起去吧？
С.	Я знаю, что в торговом центре напротив есть китайское кафе быстрого питания, типа «шведский стол». Но я бы тебе не советовала туда ходить.	有。對面的購物中心有中式快餐店，自助式的。但我不推薦去這家。
В.	Почему? Там плохо?	為什麼？那間不好嗎？
С.	Нет, более-менее. Но совсем не похоже на настоящую китайскую кухню!	不是，食物還可以。但是菜不道地！
В.	Ха-ха... Ладно!	哈……好吧！
С.	Если хочешь попробовать хорошую восточную кухню, я рекомендую узбекский ресторан, недалеко.	如果你想嚐嚐好的東方（中亞）菜餚，我推薦烏茲別克餐廳，不遠。
В.	Хорошо. Давай пойдём!	好啊。走吧！

Пойдём в ру́сский рестора́н!
我們去俄羅斯餐廳吧！

в кита́йский рестора́н 中餐廳	в италья́нское кафе́ 義大利餐館
в грузи́нский рестора́н 喬治亞餐廳	во францу́зское кафе́ 法國餐館
в узбе́кский рестора́н 烏茲別克餐廳	в столо́вую 學生餐廳
в пивно́й бар 啤酒吧	в пельме́нную 餃子館

2 Я бы хотéл заказáть пи́ццу нá дом.

我想訂披薩外送到家。

【自由行必學單字】　　　　　　　　　MP3-69

俄文	中文
меню́ (ср.)	菜單
слу́жба доста́вки	外送服務
зака́з	點餐
фастфу́д	速食
га́мбургер	漢堡
чи́збургер	起司堡
кури́ное кры́лышко; кури́ные кры́лышки	雞翅
но́жка	雞腿
ва́фельный рожо́к	冰淇淋甜筒
са́ндвич	三明治
карто́фель (м.) фри	薯條
пирожо́к *с чем*	（……口味的）餡餅
моло́чный кокте́йль	奶昔
ко́фе (м.)	咖啡

俄文	中文
америка́но	美式咖啡
капучи́но	卡布奇諾咖啡
ла́тте	拿鐵咖啡
сок	果汁
газиро́ванная вода́	氣泡礦泉水
газиро́вка: ко́ла, спрайт...	汽水：可樂、雪碧……等
шту́ка	個
большо́й	大
станда́ртный	標準、中
ма́ленький; ма́лый	小
ли́тр	公升
лёд	冰

【俄羅斯人這麼說】

【俄羅斯人這麼說】

Зака́з еды́ в фастфу́д-кафе́

會話 1
在速食店點餐

MP3-70

Пр. – продаве́ц 店員　　**П. – покупа́тель** 顧客

Пр.	До́брый день! Что жела́ете?	您好！要點什麼？
П.	Мне, пожа́луйста, га́мбургер, карто́фель фри станда́ртный и спрайт.	請給我一個漢堡、中薯和雪碧。
Пр.	0,5 (ноль пять)?	500 cc. 嗎？
П.	0,4 (ноль четы́ре).	400 cc.。
Пр.	Здесь или с собо́й?	內用還是外帶？
П.	Здесь. Спаси́бо.	內用。謝謝。

Заказáть пи́ццу нá дом
訂披薩到家

МР3-71

Пр. – продавéц 店員　П. – покупáтель 顧客

Пр.	Здрáвствуйте! Это слýжба достáвки «Пи́цца хат». Что бы Вы хотéли?	您好！必勝客外送服務。您要點什麼？
П.	Алло́! Здрáвствуйте! Я бы хотéл заказáть пи́ццу нá дом. Однý большýю пи́ццу «Сýпер Мяснáя» и однý мáленькую «Гавáйская».	喂！您好！我想訂披薩外送到家。一個大的雙層美式臘腸，一個小的夏威夷披薩。
Пр.	У нас сейчáс прохо́дит áкция: при покýпке двух больши́х пицц шесть кры́лышек и газиро́вка в подáрок. Вы не хоти́те взять не мáленькую пи́ццу, а большýю? Всё вмéсте по áкции 1050 (ты́сяча пятьдеся́т) рублéй.	我們現在有優惠活動：買兩個大披薩送六隻雞翅和一瓶汽水。您要不要把小的改成大的？優惠價總共 1050 盧布。
П.	Хорошо́! Тогдá две больши́е пи́ццы.	好的！那就兩個大披薩。
Пр.	Итáк, Ваш закáз: большáя пи́цца «Сýпер Мяснáя» и большáя пи́цца «Гавáйская». В подáрок – шесть кры́лышек и однá газиро́вка. Что Вы предпочитáете? Ко́ла, спрáйт, фáнта и́ли чай с лимо́ном?	那麼，您的點餐：大雙層美式臘腸、大夏威夷披薩。附送六隻雞翅和一瓶汽水。您想要什麼？可樂、雪碧、芬達還是檸檬紅茶？
П.	Чай, пожáлуйста.	我要檸檬紅茶。
Пр.	Ваш закáз при́нят. Пожáлуйста, продиктýйте свой áдрес.	點餐完成。請說您的地址。

【套用句型說說看】　　　　　　　　　MP3-72

Да́йте, пожа́луйста, оди́н чи́збургер.
請給我一個起司堡。

три кры́лышка 三隻雞翅	одно́ моро́женое 一個冰淇淋（通常指杯裝）
две но́жки 兩隻雞腿	оди́н рожо́к 一個冰淇淋甜筒
карто́фель по-дереве́нски 鄉村馬鈴薯（馬鈴薯角）	пирожо́к с ви́шней 櫻桃派
Кока-ко́лу 可口可樂	вани́льный моло́чный кокте́йль 香草奶昔

3 Мóжно заброни́ровать сто́лик?

可以訂位嗎？

【自由行必學單字】   MP3-73

俄文	中文
брони́ровать—заброни́ровать	預訂
сто́лик	餐桌
зака́зывать—заказа́ть	預訂、點（菜）
пе́рвое блю́до	第一道菜、湯類
второ́е блю́до	第二道菜、主菜
гарни́р	配菜
сала́т	沙拉
заку́ска	冷盤
десе́рт	甜點
торт	蛋糕
алкого́льные напи́тки	酒精飲料
безалкого́льные напи́тки	非酒精飲料
газиро́ванная вода́; вода́ с га́зом	氣泡礦泉水
негазиро́ванная вода́; вода́ без га́за	無氣泡礦泉水

【俄羅斯人這麼說】

會話 1 Заказа́ть сто́лик по телефо́ну

電話訂位

MP3-74

О. – официа́нт 服務生　　А. – Алекса́ндр 亞歷山大

О.	Здра́вствуйте, э́то рестора́н «Ру́сский те́рем». Чем могу́ помо́чь?	您好，這裡是「俄羅斯木屋」餐廳。請問需要什麼服務？
А.	Здра́вствуйте! Мо́жно заброни́ровать сто́лик на двои́х на 7 (семь) ве́чера?	您好！7 點可以訂兩人的位子嗎？
О.	Да, коне́чно!	當然可以！
А.	Е́сли мо́жно, то у окна́.	可以的話，請給我靠窗的桌子。
О.	Хорошо́. Как к Вам обраща́ться?	好的。怎麼稱呼您呢？
А.	Алекса́ндр.	亞歷山大。
О.	Спаси́бо, Алекса́ндр. Ва́ми заброни́рован сто́лик на двои́х на 7 ве́чера, на и́мя Алекса́ндр. Ждём Вас в го́сти. До встре́чи!	亞歷山大，謝謝。您訂的是兩人的位子，晚上 7 點，亞歷山大的名字。等候您的蒞臨。再見！
А.	Спаси́бо! До свида́ния!	謝謝！再見！

В рестора́не

在餐廳點餐

MP3-75

А. – Алекса́ндр 亞歷山大　Т. – Тинтин 婷婷　О. – официа́нт 服務生

А.	Сего́дня я угоща́ю! Не стесня́йся. Выбира́й, что ты хо́чешь?	今天我請客！別客氣，選你想吃的。
Т.	Ой, я да́же не зна́ю. Мне так неудо́бно!	哎呀，不知道耶。我很不好意思！
А.	Ла́дно тебе́… Мы же друзья́! Дава́й! Выбира́й!	別這樣……我們是好朋友啊！快選吧！
Т.	Сейча́с посмотрю́… Я на са́мом де́ле, не о́чень понима́ю… Посове́туй мне что-нибу́дь?	我看看……我其實不太知道怎麼點……你建議一下？
А.	Хорошо́. Дава́й я закажу́. Ты то́лько скажи́, ты что-нибу́дь не ешь? Грибы́, свини́на, лук?	好，我來點吧。你只要告訴我，有什麼你不吃的？菇類、豬肉、洋蔥？
Т.	Я ем абсолю́тно всё, но осо́бо люблю́ сла́дкое!	我完全不挑食，但特別喜歡甜食！
А.	Я по́нял. Тогда́ обяза́тельно зака́жем десе́рт! … Де́вушка, мо́жно заказа́ть?	知道了。那一定要甜點！……小姐，可以點菜嗎？
О.	Да, коне́чно! Что Вы вы́брали?	當然！您要點什麼？
А.	Нам, пожа́луйста, на пе́рвое – оди́н борщ и одни́ щи, на второ́е – одну́ ры́бу и одну́ свини́ну, и два десе́рта. Каки́е у вас са́мые вку́сные?	第一道請給我們一個甜菜根湯（羅宋湯）、一個蔬菜湯，第二道要一份魚和一份豬肉，還要兩個甜點。你們什麼甜點最好吃？

О.	У нас са́мые изве́стные то́рты – наполео́н и медови́к.	我們最有名的是拿破崙蛋糕和蜂蜜蛋糕。
А.	Отли́чно, тогда́ нам по одному́.	好極了，那請給我們各一個。
О.	Что-нибу́дь на гарни́р? Сала́ты?	需要配菜嗎？沙拉呢？
А.	Ах, да! Одну́ карто́шку по-дереве́нски и сала́т «Оливье́».	啊，對！一份馬鈴薯角和奧利維沙拉。
О.	Хорошо́. Зна́чит, Ваш зака́з: оди́н ⋯⋯⋯⋯⋯⋯⋯	好的。我重覆一下你們的點餐：一份⋯⋯

【套用句型說說看】   MP3-76

Я бы хоте́л заброни́ровать сто́лик на двои́х.
我想訂兩人的位子。

на трои́х 三人	на де́сять челове́к 十人
на четверы́х 四人	у окна́ 窗邊
на пятеры́х 五人	в углу́ 角落
на шестеры́х 六人	в отде́льном за́ле 獨立包廂

【俄羅斯自由行】

　　俄羅斯的餐廳菜單通常會用公克（грамм; г）、公升（литр; л）、毫升（миллили́тр; мл）等單位來標示份量。有時一道菜若標示了數種食材，重量也會分別標示，如：羅宋湯（борщ）搭配酸奶（смета́на），重量標示為 260/20 г。餃子則以顆數（шту́ка; шт）計。

　　飲料份量通常以 0,3 л、0,5 л 或 250 мл、500 мл 等來表示。速食店的薯條份量分為小（ма́лый 或 ма́ленький）、中（станда́ртный）、大（большо́й），飲料的小、中、大杯則還是以公升數表示：0,3 л、0,4 л、0,5 л，讀作 ноль три、ноль четы́ре、ноль пять。

第一道菜（Пе́рвое блю́до）	沙拉（Сала́т）

羅宋湯佐酸奶
БОРЩ..............230 ₽
Подаётся со смета́ной
260/20 г

「奧利維」沙拉
«ОЛИВЬЕ́»..............185 ₽
220 г

沙拉（Салáт）

「皮草下的鯡魚」沙拉
«СЕЛЁДКА ПОД ШУ́БОЙ».............200 ₽
250 г

第二道菜（Вторóе блю́до）

俄式豬牛肉餡餃子
ПЕЛЬМÉНИ.............235 ₽
со свини́ной и говя́диной
12 шт

第二道菜（Вторóе блю́до）和配菜（Гарни́р）

俄式酸奶燉牛柳佐薯泥
БЕФСТРÓГАНОВ.............465 ₽
Подаётся с карто́фельным пюре́
350 г

甜點（Десéрт）

俄式蜂蜜蛋糕
МЕДОВИ́К.............160 ₽
170 г

飲料（Напи́ток）

紅茶
ЧАЙ ЧЁРНЫЙ...............120 ₽
250 мл

蔓越莓汁
МОРС...............90 ₽
клю́квенный
200 мл

黑麥麵包發酵飲料「克瓦斯」
КВАС...............85 ₽
300 мл

位於葉卡捷琳堡（Екатеринбу́рг）的沙威瑪小吃店（шаве́рма）

4 Принеси́те, пожа́луйста, счёт!

請給我帳單！

| 【自由行必學單字】 | MP3-77 |

俄文	中文
счёт	帳單
опла́та	支付
нали́чные	現金
(креди́тная) ка́рта	信用卡
оставля́ть—оста́вить	留下
чаевы́е	小費
проце́нт	百分比
разбира́ться—разобра́ться	弄清楚、處理好
сда́ча	找錢
без сда́чи	不找零（金額剛好）
чек	收據、發票
купю́ра; бума́жка	紙鈔
разменя́ть (СВ)	（把錢）換成小面額
ме́лочь; ме́лкие де́ньги	零錢

會話 1 Принеси́те, пожа́луйста, счёт! (1)

請給我帳單！（一）

MP3-78

М. – Ма́ша 瑪莎　О. – официа́нт 服務生　Т. – Тинтин 婷婷

М.	Молодо́й челове́к, счёт, пожа́луйста!	先生，請給我們帳單！
О.	Опла́та нали́чными и́ли по ка́рте?	付現還是刷卡？
М.	Нали́чными.	付現。
О.	Одну́ мину́точку! *(Ма́ша смо́трит в счёт.)*	稍等！ （瑪莎看著帳單。）
Т.	Ско́лько там?	多少錢？
М.	1240 (Ты́сяча две́сти со́рок) рубле́й.	1240 盧布。
Т.	У меня́ с собо́й то́лько ты́сяча. У тебя́ есть без сда́чи?	我身上只有一千元。你有剛好的金額嗎？
М.	Нет, у меня́ то́же то́лько ты́сяча. Ничего́, сейча́с разберёмся.	沒有，我也只有千元鈔。沒關係，小問題好解決。

Принеси́те, пожа́луйста, счёт! (2)

請給我帳單！（二）

MP3-79

Т. – Тинтин 婷婷　М. – Ма́ша 瑪莎　О. – официа́нт 服務生

Т.	*(Ма́ша и Тинтин кладу́т две ты́сячи и отдаю́т официа́нту, ждут.)*	（瑪莎和婷婷拿了兩千元給服務生，等候中。）
	Мы должны́ оста́вить каки́е-то чаевы́е?	我們要留小費嗎？
М.	На са́мом де́ле – не обяза́тельно.	其實不一定要。
Т.	А е́сли оставля́ть, то ско́лько ну́жно?	如果給的話，應該要多少？
М.	Обы́чно 10% (де́сять проце́нтов) от счёта.	通常是帳單金額的 10%。
О.	Ва́ша сда́ча и чек, пожа́луйста!	這是您的找錢和收據。
Т.	Ой, нам да́ли 500 (пятьсо́т) одно́й бума́жкой и две по сто! Дава́й попро́сим разменя́ть?	啊，他找給我們一張 500 和兩張一百！我們請他換成小面額？
М.	Ничего́. Мне ну́жно купи́ть проездну́ю ка́рточку в метро́, заодно́ и разменя́ем!	沒關係，我要買地鐵月票，再順便換零錢就好！

Не разменя́ете мне де́ньги?
可以把錢換成小面額嗎？

ме́лочью 換成零錢	по пятьдеся́т 換成五十元
ме́лкими 換成零錢	по де́сять 換成十元
ты́сячу 把千元鈔換成小面額	на две по пятьсо́т 換成兩張五百元
по сто 換成百元鈔	на пятьсо́т и пять по сто 換成一張五百元和五張一百元

Memo

第６章：觀光

1 Ско́лько сто́ит аудиоги́д?

租語音導覽多少錢？

MP3-81

【自由行必學單字】

俄文	中文
ка́сса	售票口
входно́й биле́т	門票
электро́нный биле́т	電子票券
льго́тный биле́т	優待票（大學生、老年人等）
беспла́тный биле́т	免費票（孩童、軍人、身心障礙人士等）
иностра́нный граждани́н	外國人士
аудиоги́д	語音導覽
гардеро́б	寄衣處
ка́мера хране́ния	寄物處
зал	（展覽）廳
вы́ставка (постоя́нная, вре́менная)	展覽（常設展、特展）
экспози́ция; экспона́т	展覽品
жи́вопись (ж.)	油畫
скульпту́ра	雕塑
совреме́нное иску́сство	現代藝術
кла́ссика	古典藝術
наро́дное тво́рчество	民間創作

【俄羅斯人這麼說】

會話 1 Покýпка билéта в Третьякóвскую галерéю

買特列季亞科夫美術館門票

MP3-82

П. – покупáтель 顧客   К. – кассúр 售票員

П.	Бýдьте добры́, два входны́х билéта для студéнтов, пожáлуйста.	麻煩您給我兩張學生票。
К.	Вы ýчитесь в Росси́и?	你們在俄羅斯讀書嗎？
П.	Я учýсь в Росси́и, а мой друг – нет.	我是在俄羅斯讀書，但我的朋友不是。
К.	Тогдá Вам нýжен оди́н билéт для студéнта и оди́н для инострáнного граждани́на.	那你們要買一張大學生票、一張外國人士票。
П.	О! Хорошó. Скóлько э́то стóит?	喔！好。多少錢？
К.	Вмéсте 750 (семьсóт пятьдеся́т) рублéй.	一共 750 盧布。
П.	Большóе спаси́бо!	非常感謝！
К.	Не забýдьте предъяви́ть Ваш студéнческий на вхóде.	別忘記在入場的時候出示您的學生證。

會話 2 Прока́т аудиоги́да в Эрмита́же

在隱士盧博物館租語音導覽

MP3-83

П. – покупа́тель 顧客　К. – касси́р 售票員

П.	Здра́вствуйте! Ско́лько сто́ит оди́н студе́нческий биле́т?	您好！一張學生票多少錢？
К.	Студе́нтам при предъявле́нии студе́нческого посеще́ние беспла́тно.	有學生證的大學生免費參觀。
П.	Отли́чно! Вот на́ши студе́нческие.	太好了！這是我們的學生證。
К.	Вам ну́жен аудиоги́д?	你們需要語音導覽嗎？
П.	А он то́лько на ру́сском?	只有俄文的嗎？
К.	Нет, есть на англи́йском, на кита́йском.	不只，還有英文、中文。
П.	А ско́лько он сто́ит?	多少錢？
К.	400 (Четы́реста) рубле́й за оди́н аудиоги́д и зало́г 2000 (две ты́сячи) рубле́й, ли́бо води́тельские права́.	租一份 400 盧布，押金 2000 盧布，或者押駕照。
П.	Хорошо́, тогда́ нам оди́н на двои́х на кита́йском.	好，那我們兩人租一份中文的。
К.	Тогда́ с Вас 400 рублей и залог 2000. По́сле просмо́тра не забу́дьте верну́ть аудиоги́д и забра́ть Ва́ши 2000 рубле́й.	這樣的話你們要付 400 盧布，還有 2000 盧布押金。看完之後別忘記把機器歸還，領回你們的 2000 盧布。

【套用句型說說看】　　　　　　　　　　　MP3-84

Вы не подскáжете, где кácca?
請問售票口在哪裡？

гардерóб и кáмера хранéния 寄衣處和寄物處	карти́ны Рéпина 列賓畫作
зал скульпту́ры 雕塑展覽廳	магази́н сувени́ров 紀念品店

Мóжно фотографи́ровать в зáлах музéя?
可以在展覽廳裡照相嗎？

испóльзовать пáлку для сéлфи 使用自拍棒	экску́рсию с ги́дом 參加有導覽員的導覽活動
взять аудиоги́д на ру́сском языкé 租借俄文語音導覽	взять брошю́ру (с информáцией) 拿一份（展覽資訊）手冊

2 В како́м году́ был постро́ен собо́р?

大教堂是哪一年建成的？

【自由行必學單字】	MP3-85

俄文	中文
собо́р	主教座堂、大教堂
храм	教堂
це́рковь (ж.)	教會、教堂
архитекту́ра	建築
штрих-код	（票券上的）條碼
колонна́да	柱廊
ико́на	聖像畫
моза́ика	馬賽克鑲嵌
правосла́вие	東正教
богослуже́ние; слу́жба	禮拜儀式
Па́сха	復活節
ку́пол	圓頂、東正教堂圓頂（俗稱洋蔥頂）
фаса́д	（大型建築物的）立面、外牆裝飾
мра́мор	大理石

會話 1

Экску́рсия в Иса́акиевский собо́р (1)

參觀聖以撒大教堂（一）

MP3-86

P. – рабо́тник 工作人員　С. – студе́нт 學生

P.	Приложи́те биле́т штрих-ко́дом к турнике́ту, пожа́луйста!	請把門票的條碼貼近柵門。
C.	У меня́ не получа́ется, почему́-то гори́т кра́сный.	沒有辦法，不知為何亮紅燈。
P.	Это биле́т на Колонна́ду. У Вас есть биле́т в Собо́р?	這是參觀柱廊的票。您有參觀教堂的票嗎？
C.	Ой, я перепу́тал! Вот!	噢，我拿錯了！在這裡。
P.	Проходи́те, пожа́луйста. На вхо́де вы мо́жете приобрести́ аудиоги́д на англи́йском и кита́йском языка́х и́ли послу́шать беспла́тную экску́рсию на ру́сском языке́.	請往前走。你們可以在入口處租用英文和中文的語音導覽，或者聽免費的俄文導覽。
C.	Большо́е спаси́бо!	非常感謝！

會話 2 Экску́рсия в Иса́акиевский собо́р (2)
參觀聖以撒大教堂（二）

MP3-87

С. – студе́нт 學生　П. – подру́га 朋友（女）

С.	В како́м году́ был постро́ен Иса́акиевский собо́р?	聖以撒大教堂是哪一年建成的？
П.	Он впервы́е откры́л свои две́ри в 1858 (ты́сяча восемьсо́т пятьдеся́т восьмо́м) году́.	教堂於 1858 年首次對外開放。
С.	Кака́я красота́! Каки́е ико́ны! А моза́ика – настоя́щее произведе́ние иску́сства! *(Студе́нт смо́трит в другу́ю сто́рону.)* А что вот тут?	好美！令人讚嘆的聖像畫！馬賽克鑲嵌是真正的藝術作品啊！（學生看向另一邊。）這又是什麼？
П.	А здесь прохо́дят богослуже́ния. Как ты мог заме́тить, весь Собо́р преврати́лся в музе́й, а вот э́та часть оста́лась для це́ркви. Ну что, пошли́ подни́мемся на Колонна́ду?	這裡是做禮拜儀式的地方。你應該注意到了，整座大教堂已經變成一個博物館了，而這個部分保留給了禮拜堂。如何，我們爬上柱廊吧？
С.	Пошли́! *(Друзья́ поднима́ются на Колонна́ду.)* Ого́! Как тут у́зко!	走吧！（兩人進入柱廊區。）哇，這裡好狹窄！
П.	Да… Вот мы и дошли́!	是啊……我們已經爬上來了！
С.	Ура́! Кста́ти, не так уж и высоко́. Но отсю́да и пра́вда ви́дно весь го́род!	太棒了！不過也沒那麼高就是了。但從這裡真的可以眺望全市！
П.	Здесь мо́жно уви́деть мно́го золоты́х купо́лов церкве́й. Очень завора́живающий вид!	這裡看得見許多教堂的金色圓頂。景色非常迷人！

聖以撒大教堂（Исаа́киевский собо́р）通往柱廊
（Колонна́да）的階梯。

從聖以撒大教堂柱廊眺望聖彼得堡市區。

【套用句型說說看】 MP3-88

Как	краси́во!	多麼美！
	высоко́!	好高啊！
Како́й	вид!	好美的景色！
	краси́вый собо́р!	多麼美麗的教堂！
Каки́е	ико́ны!	令人讚嘆的聖像畫！
	моза́ики!	令人讚嘆的鑲嵌畫！
	купола́!	令人讚嘆的教堂圓頂！
	коло́нны!	令人讚嘆的圓柱！

【這個俄文怎麼說】 MP3-89

可以跟您合照嗎？	Мо́жно сфотографи́роваться с Ва́ми?
您可以幫我們以大教堂為背景拍照嗎？	Вы не могли́ бы нас сфотографи́ровать на фо́не Собо́ра?
您可以幫我們跟這個雕像拍照嗎？	Вы не могли́ бы нас сфотографи́ровать с э́тим па́мятником?
要把圓頂拍進畫面。	Ну́жно, что́бы ку́пол вошёл в кадр.
按這裡（照相）。	Щёлкните сюда́.
再近一點。	Побли́же.
再遠一點。	Пода́льше.
（請拍）大一點。	Крупне́е.
（請拍）半身。	По грудь.
（請拍）全身。	В по́лный рост.
請拍特寫。	Сними́те кру́пным пла́ном.

3 Дава́й пойдём на бале́т!

我們去看芭蕾吧！

【自由行必學單字】	MP3-90
俄文	**中文**
програ́ммка	節目單
компози́тор	作曲家
постано́вщик	導演
дирижёр	指揮家
орке́стр	樂團
акт	（戲劇表演的）一幕
антра́кт; переры́в	中場休息
фойе́	大廳、休息區
бино́кль (м.)	望遠鏡
парте́р	（劇場）池座
амфитеа́тр	（劇場池座後方的）階梯式座位
бельэта́ж	（劇場）二樓包廂
бенуа́р	（劇場）一樓兩側廂座
балко́н	（劇場）樓座
ло́жа	（劇場）廂座
я́рус	（劇場）樓、層

劇院座位（Местá в теáтре）

Ложа 4-го яруса 廂座第四層	Балкон 4-го яруса 樓座第四層	Ложа 4-го яруса 廂座第四層
Ложа 3-го яруса 廂座第三層	Балкон 3-го яруса 樓座第三層	Ложа 3-го яруса 廂座第三層
Ложа 2-го яруса 廂座第二層	Балкон 2-го яруса 樓座第二層	Ложа 2-го яруса 廂座第二層
Ложа 1-го яруса 廂座第一層	Балкон 1-го яруса 樓座第一層	Ложа 1-го яруса 廂座第一層
Ложа бельэтажа 二樓廂座	Бельэтаж 二樓包廂	Ложа бельэтажа 二樓廂座
Ложа бенуара 一樓兩側廂座	Амфитеатр　階梯式座位 Партер　　　池座	Ложа бенуара 一樓兩側廂座
	СЦЕ́НА 舞台	

莫斯科大劇院（Большо́й теа́тр）一隅 。

會話 1

У театра́льной афи́ши
在劇院節目海報旁

MP3-91

Д. – друг 朋友（男）　　П. – подру́га 朋友（女）　　К. – касси́р 售票員

Д.	Слу́шай, пойдём в теа́тр в э́ти выходны́е? Что тебе́ бо́льше нра́вится – бале́т, о́пера, спекта́кль, и́ли, мо́жет быть, конце́рт?	欸，這個週末我們去看表演吧？妳比較喜歡什麼——芭蕾、歌劇、舞台劇，還是……也許音樂會？
П.	Дава́й пойдём на како́й-нибу́дь бале́т.	我們去看芭蕾吧。
Д.	Сейча́с посмотрю́… В суббо́ту «Лебеди́ное о́зеро»! Са́мый знамени́тый бале́т.	我看一下……星期六有《天鵝湖》！最有名的芭蕾。
П.	Хорошо́! Спроси́ в ка́ссе, есть ещё биле́ты?	好啊！問問售票處還有沒有票？
Д.	*(Касси́ру.)* До́брый день! Скажи́те, пожа́луйста, есть биле́ты на «Лебеди́ное о́зеро» на 16-е (шестна́дцатое) число́?	（對著售票員）您好！請問16號的《天鵝湖》還有票嗎？
К.	Да, биле́ты есть. Посмотри́те – вот свобо́дные места́. Каки́е вы бы хоте́ли – парте́р, бельэта́ж, балко́н…?	有。請看一下——這些是空位。你們想要什麼位子——池座、二樓包廂、樓座……？
Д.	Дава́йте балко́н. Нам 2-й (второ́й) я́рус, пожа́луйста, э́ти два ме́ста в 1-м (пе́рвом) ряду́.	樓座吧。請給我們第2層，這兩個第1排的座位。

В Мари́инском теа́тре на бале́те

在馬林斯基劇院欣賞芭蕾

MP3-92

С. – сотру́дник теа́тра 劇院工作人員　Д. – друг 朋友（男）　П. – подру́га 朋友（女）

С.	Ва́ши биле́ты, пожа́луйста. Ва́ши места́ – 2-й (второ́й) я́рус, пра́вая сторона́.	請拿出您的票。您的位子在（樓座）第 2 層，右手邊。
Д.	Пойдём снача́ла в гардеро́б. Заодно́ возьмём бино́кль напрока́т. *(Сотру́днику.)* Здра́вствуйте, а ско́лько сто́ит арендова́ть бино́кль?	我們先去寄衣處，順便租望遠鏡。（對著工作人員）您好，租望遠鏡多少錢？
С.	300 (Три́ста) рубле́й и зало́г 1000 (ты́сяча) рубле́й.	300 盧布和押金 1000 盧布。
Д.	Нам оди́н, пожа́луйста. И одну́ програ́ммку.	我們要一個望遠鏡，還有一份節目單。
П.	А заче́м нам ну́жен бино́кль? Сце́на так далеко́?	為什麼需要望遠鏡？舞台這麼遠嗎？
Д.	Да. Бале́т краси́во смотре́ть издалека́. Но иногда́ хо́чется рассмотре́ть дета́ли. У них о́чень краси́вые декора́ции и костю́мы.	對。芭蕾遠看比較美。但有時想要看清楚細節。他們的布景和服裝很美。
П.	О! Звоно́к!	喔！鈴聲響了！
Д.	Да. По́сле 3-го (тре́тьего) звонка́ начина́ется представле́ние и бо́льше никого́ не пуска́ют в зал. Так что опа́здывать нельзя́.	對。第三次鈴響後表演開始，就不讓人入場了，所以別遲到。

Да́йте, пожа́луйста, два биле́та на «Пи́ковую да́му».
請給我兩張《黑桃皇后》的票。

на сего́дня 今天	в Большо́й теа́тр 大劇院
на за́втра 明天	в парте́р 池座
на конце́рт сего́дня 今天音樂會	в ло́жу 廂座
на спекта́кль «Дя́дя Ва́ня» 《萬尼亞舅舅》戲劇	на 1-й (пе́рвый) ряд 第一排

【俄羅斯自由行】

　　俄羅斯有許多值得參觀的博物館，其中最富盛名的包括位於聖彼得堡的隱士盧博物館（Эрмита́ж）、俄羅斯博物館（Ру́сский музе́й），以及位於莫斯科的特列季亞科夫美術館（Третьяко́вская галере́я）、普希金造型藝術博物館（Музе́й изобрази́тельных иску́сств им. А.С. Пу́шкина）等。世界知名的博物館、美術館在旅遊旺季或舉辦名家的特展時，會吸引許多參觀者前來，造成售票口大排長龍，可能要排隊一兩小時以上。為了避免購票費時，建議在這些博物館的官網事先買好電子票券。隱士盧博物館大門附近的庭院內有自動售票機販售全票，也是避免排隊的可能選項。另外，就像在各地著名的觀光景點一樣，俄羅斯在博物館這些人潮眾多的地方常有扒手，排隊購票、在館內專心欣賞藝術時，別忘了提高警覺。

　　來到俄羅斯，您一定也想欣賞一場高水準的芭蕾表演或音樂會，不管是大劇院（Большо́й теа́тр）、馬林斯基劇院（Марии́нский теа́тр）或是其他劇院、音樂廳，除了建議及早在官網買票之外，也別忘了換上較為正式的服裝前往，那些為了旅遊舒適而穿的運動鞋、過於休閒的裝扮、有破洞的褲子，都是不適合的。和參觀博物館一樣，來到劇院、音樂廳必須把外套存放至寄衣處（гардеро́б），大型的攜帶品也須寄放，因此請預留充裕的時間進場。

По како́му маршру́ту экску́рсия?

是什麼樣的遊覽路線？

【自由行必學單字】	MP3-94
俄文	**中文**
во́дная экску́рсия; прогу́лка	遊河
авто́бусная экску́рсия	巴士觀光
обзо́рная экску́рсия	市區觀光
ночна́я прогу́лка	夜間遊覽
продолжи́тельность	(導覽等的) 時間長度
расписа́ние	時刻表
маршру́т	路線
кана́л	運河
прича́л	碼頭
круи́з	水路旅遊
теплохо́д	遊輪
па́луба	甲板
льго́та	優惠
а́кция	促銷活動

會話 1 Покýпка билéта на вóдную экскýрсию

購買遊河船票

MP3-95

Т. – турúст 遊客　К. – кассúр 售票人員

Т.	Здрáвствуйте, нам на двоúх вóдную экскýрсию, пожáлуйста.	您好，請給我們兩人的遊河船票。
К.	Вам по рéкам и канáлам? Или круúз по Невé?	你們要遊河和運河嗎？還是遊涅瓦河？
Т.	По рéкам и канáлам.	河和運河。
К.	По какóму маршрýту вы желáете?	你們想要什麼路線？
Т.	А какáя продолжúтельность у дáнных маршрýтов?	這些路線時間多長呢？
К.	Сáмый корóткий маршрýт занимáет 40 (сóрок) минýт, сáмый длúнный – полторá часá. Вам какóй?	最短路線 40 分鐘，最長一個半小時。你們要哪一種？
Т.	Нам на полторá часá. А какóе расписáние?	我們要一個半小時的。請問時刻表有哪些出發時間？
К.	Теплохóд отхóдит кáждые 15 (пятнáдцать) минýт с тогó причáла.	每 15 分鐘從那個碼頭開船。
Т.	Ясно, спасúбо! Тогдá нам на сáмый ближáйший.	懂了，謝謝！那我們坐時間最近的那班。

Покýпка билéта на автóбусную экскýрсию по гóроду

購買市區觀光巴士票

MP3-96

Т. – турист 遊客   К. – касси́р 售票人員

Т.	Здра́вствуйте, у Вас мо́жно приобрести́ биле́ты на автóбусную экскýрсию?	您好，可以跟您買觀光巴士的票嗎？
К.	Здра́вствуйте! Вам обзóрную по гóроду?	您好！您要市區觀光嗎？
Т.	Да-да! По гóроду.	對對！市區的。
К.	С Вас 1000 (ты́сяча) рубле́й.	跟您收 1000 盧布。
Т.	А студéнтам ски́док нет?	學生可以打折嗎？
К.	Нет. У нас без льгот. Но сейчáс дéйствует áкция: «при покýпке двух биле́тов – ски́дка 50% (пятьдеся́т процéнтов) в кофéйне Стáрбакс».	沒有，我們沒有優惠價。不過現在有促銷活動「買兩張票送星巴克咖啡五折券」。
Т.	Замечáтельно! Два биле́та, пожáлуйста.	好極了！請給我兩張票。

【套用句型說說看】　　　　　　MP3-97

Дава́й ку́пим биле́ты на экску́рсию.
我們買遊覽行程的票吧。

на круи́з по Неве́ 遊涅瓦河的	по интерне́ту 網路的
со ски́дкой 打折的	на откры́тую да́ту 不限定日期的
по льго́те 優惠的	на два дня （效期）兩天的
без о́череди （入場）免排隊的	на двои́х 兩個人的

第 7 章：購物

1 Где отде́л кулина́рии?
熟食部在哪裡？

【自由行必學單字】	MP3-98
俄文	中文
отде́л	部門
моло́чные проду́кты	奶製品
бакале́я	食品雜貨 （米、麵、調味料、茶、咖啡等）
хлеб и вы́печка	麵包及烘焙食品
кулина́рия	熟食
предме́ты гигие́ны	衛生用品
бытова́я хи́мия	日用清潔劑
взве́шивать—взве́сить	秤重
срок го́дности	保存期限
паке́т	袋子
ка́рта постоя́нного покупа́теля	會員卡
купо́н	優惠券
това́р по специа́льной цене́	特價品
второ́й беспла́тный	買一送一

【俄羅斯人這麼說】

會話 1 В суперма́ркете
在超級市場

MP3-99

П. – покупа́тель 顧客   С. – сотру́дник 工作人員

П.	Скажи́те, пожа́луйста, где взве́шивать фру́кты?	請問，水果在哪裡秤重？
С.	Вот весы́.	秤子在這裡。
П.	А как распеча́тать це́нник для апельси́нов?	那要怎麼印出柳橙的價格標籤紙？
С.	Положи́те апельси́ны на весы́, найди́те но́мер апельси́на, нажми́те на кно́пку, и вот це́нник. Накле́йте его́ на паке́т.	把柳橙放到秤子上，找到柳橙的號碼，按下按鍵，價格標籤就出來了。把它貼在袋子上。
П.	Спаси́бо. Вы не подска́жете, где отде́л кулинари́и?	謝謝。請問熟食部在哪裡？
С.	Отде́л кулинари́и в конце́ за́ла.	熟食部在賣場最後面。
П.	Спаси́бо большо́е. (В отде́ле кулинари́и.) Взве́сьте, пожа́луйста 200 (две́сти) грамм винегре́та и две котле́ты.	非常謝謝。（在熟食部。）請幫我秤 200 克的甜菜沙拉和兩個肉餅。

會話 2 На кассе
在收銀台

MP3-100

К. – кассир 收銀人員　П. – покупатель 顧客

К.	Пакет нужен?	需要購物袋嗎？
П.	Да, дайте пакет, пожалуйста. И это купон на скидку.	要，請給我購物袋。還有這是折價券。
К.	430 (Четыреста тридцать) рублей. Нал? Безнал?	430 盧布。付現？刷卡？
П.	Наличными.	付現。
К.	Карта постоянного покупателя есть у Вас?	您有會員卡嗎？
П.	Карты у меня нет.	我沒有會員卡。
К.	Не желаете её приобрести? Вы получите скидки и бонусы.	想辦一張嗎？您會獲得折扣和紅利點數。

【套用句型說說看】　　　　　　　MP3-101

Вы не подска́жете, где гель (м.) для ду́ша?
請問沐浴乳在哪裡？

крем для умыва́ния	крем для лица́
洗面乳	面霜
шампу́нь (м.)	молочко́ для те́ла
洗髮精	身體乳液
кондиционе́р	зубна́я па́ста
潤髮乳	牙膏
лосьо́н для лица́	бри́тва
化妝水	刮鬍刀

2 Пойдём в торго́вый це́нтр?

我們去購物中心吧？

【自由行必學單字】	MP3-102
俄文	**中文**
торго́вый центр; ТЦ	購物中心
план этаже́й	樓層圖
оде́жда	服裝
о́бувь (ж.)	鞋
косме́тика	化妝品
ювели́рные украше́ния	首飾
спорти́вные това́ры	運動用品
бытова́я те́хника	家用電器
электро́ника	電子產品
игру́шки	玩具
това́ры для до́ма	家用品
распрода́жа	特價拍賣
упако́вка пода́рков	禮品包裝
обме́нный пункт; обме́н валю́ты	外幣兌換處

會話 1

Разгово́р о поку́пке

談論購物

MP3-103

С. – студе́нтка 學生　П. – подру́га 朋友

С.	Слу́шай, мне ну́жно купи́ть пода́рок для сестры́. Пойдёшь со мной в торго́вый це́нтр «Мегапо́лис»?	我跟你說，我要買禮物給妹妹。陪我去「大都會」購物中心好嗎？
П.	Хорошо́! Я зна́ю, что там сейча́с распрода́жа.	好啊！我知道那裡正在特價拍賣。
С.	Да. Там ещё хоро́шие рестора́ны. Мы мо́жем вме́сте поу́жинать.	對啊。那裡還有不錯的餐廳。我們可以一起晚餐。
П.	А что ты хо́чешь купи́ть для сестры́?	妳想買什麼給妹妹？
С.	Каку́ю-нибу́дь косме́тику, наве́рное.	大概化妝品吧。
П.	Там магази́н косме́тики «Золото́е я́блоко». Ду́маю, что найдёшь пода́рок для неё.	那裡有化妝品店「金蘋果」。我想妳一定會買到給她的禮物。

В торго́вом це́нтре

會話 2 在購物中心

MP3-104

С. – студе́нтка 學生　П. – подру́га 朋友（女）　Пр. – продаве́ц 店員

С.	Косме́тику для сестры́ мы уже́ купи́ли. Дава́й посмо́трим су́мки?	給妹妹的化妝品買好了。我們看看皮包吧？
П.	Дава́й. Ви́дишь, сейча́с больши́е ски́дки!	好啊。你看，現在折扣很多。
С.	*(Продавцу́.)* Здра́вствуйте! Вы не пока́жете э́ту кра́сную су́мку?	（對著店員）您好！可以給我看這個紅色的皮包嗎？
Пр.	Пожа́луйста.	好。
С.	Нет, она́ мне не о́чень нра́вится. Мо́жно посмотре́ть вон ту, чёрную?	我不是很喜歡這個皮包。可以看那邊那個黑的嗎？
Пр.	Она́ доро́же. Но сейча́с на все су́мки ски́дка!	它比較貴。但現在所有皮包都有折扣！
С.	*(Подру́ге.)* Та́ня, ну что ты ска́жешь? Су́мка краси́вая? Да? Я то́же так ду́маю. Тогда́ я возьму́ её.	（對著朋友）塔妮亞，妳說呢？皮包好看嗎？好看？我也這麼覺得，那我就買了。

Вы не подска́жете, где здесь магази́н косме́тики?
請問這裡的化妝品店在哪裡？

отде́л же́нской оде́жды 女裝部	отде́л спорти́вных това́ров 運動用品部
отде́л мужско́й оде́жды 男裝部	магази́н игру́шек 玩具店
магази́ны молодёжных бре́ндов 年輕族群的品牌服飾店	отде́л бытово́й те́хники и электро́ники 家用電器與電子產品部門
отде́л о́буви 鞋類部門	се́рвис упако́вки пода́рков 禮品包裝服務處

3 Да́йте, пожа́луйста, разме́р поме́ньше.

請給我小一點的尺寸。

【自由行必學單字】	MP3-106
俄文	**中文**
приме́рить; поме́рить (СВ)	試穿
разме́р	尺寸
приме́рочная	試衣間
материа́л	質料
мех, мехово́й	毛皮，皮草的
шерсть (ж.), шерстяно́й	毛，毛料的
ко́жа, ко́жаный	皮，皮製的
шёлк, шёлковый	絲，絲質的
хло́пок, хло́пковый	棉，棉質的
натура́льный	天然的
синте́тика [тэ]	合成纖維
подходи́ть—подойти́ кому́	適合
мал, мала́, мало́, малы́	太小
вели́к, велика́, велико́, велики́	太大

會話
1
В магази́не оде́жды
在服裝店

MP3-107

П. – продаве́ц 店員   К. – клие́нт 客人

П.	Вам что-нибу́дь подсказа́ть?	需要幫忙嗎？
К.	Спаси́бо. Я про́сто смотрю́.	謝謝，我只是看看。
К.	*(Че́рез не́сколько мину́т.)*	（幾分鐘後。）
	Скажи́те, пожа́луйста, из како́го материа́ла э́тот сви́тер? Есть други́е цвета́?	請問，這件毛衣什麼材質？有別的顏色嗎？
П.	Он из натура́льной ше́рсти. Есть ещё си́ний, се́рый, кра́сный. Хоти́те его́ приме́рить? Вам како́го разме́ра?	是天然毛料。還有藍色、灰色、紅色。您想試穿嗎？幾號尺寸？
К.	Да, хочу́ поме́рить кра́сный. 48-го (Со́рок восьмо́го) разме́ра.	我想試穿紅色的。48號尺寸。
П.	Пожа́луйста. Приме́рочная сле́ва.	這是您要的衣服。試衣間在左邊。
К.	*(Выходя́ из приме́рочной.)*	（走出試衣間。）
	Сви́тер мне вели́к. Да́йте, пожа́луйста, разме́р поме́ньше. Спаси́бо.	毛衣太大了。請給我小一點的尺寸。謝謝。

В магази́не о́буви
在鞋店

К. – клие́нт 客人　П. – продаве́ц 店員

К.	Хочу́ приме́рить э́ти сапоги́. Скажи́те, пожа́луйста, есть 36-й (три́дцать шесто́й) разме́р?	我想試穿這雙長靴。請問有 36 號尺寸嗎？
П.	Извини́те, но Ва́шего разме́ра нет. Не хоти́те посмотре́ть вот э́ти сапоги́? Они́ почти́ таки́е же, то́лько каблуки́ ни́же. Ваш разме́р есть. Не хоти́те их поме́рить?	抱歉，您要的尺寸沒有了。您想看看這雙長靴嗎？跟那雙幾乎一樣，只是鞋跟較矮。有您的尺寸。要試穿看看嗎？
К.	Хорошо́. А кори́чневых нет?	好。有咖啡色嗎？
П.	Есть. Вот 36-й разме́р, кори́чневый цвет.	有。這是 36 號，咖啡色。
К.	Они́ мне малы́. Побо́льше у Вас есть?	鞋子太小了。有沒有大一點的？
П.	Да. Поме́рьте 37-й (три́дцать седьмо́й).	有。試試看 37 號。
К.	Они́ подошли́. Я возьму́.	大小剛好。我買這雙。

Я хочу́ приме́рить/поме́рить э́ти брю́ки.

我想試穿這條褲子。

э́ту руба́шку 這件襯衫	э́ти джи́нсы 這條牛仔褲
э́ту ю́бку 這件裙子	э́ти ту́фли 這雙便鞋（各種不超過腳踝高度的男士皮鞋或女士平底、高跟鞋類）
э́то пла́тье 這件洋裝	э́ти боти́нки 這雙短靴
э́ту ша́пку 這頂帽子	э́ти кроссо́вки 這雙運動鞋

【俄羅斯自由行】

俄羅斯有自己的衣服尺寸表，以女裝來說，和國際慣用尺寸 S、M、L 來對照大致上是 XS=40/42、S=44、M=46/48、L=50、XL=52/54，男裝則是 XS=44、S=46、M=48、L=50、XL=52 等等。在服裝店，衣服都可以試穿，因此買到適合的尺寸應該不是問題。如果談論到顏色選擇，這裡有一些常用的顏色名稱：

бордо́вый 酒紅色	кори́чневый 褐色	ха́ки 卡其色
кра́сный 紅色	ора́нжевый 橘色	жёлтый 黃色
ро́зовый 粉紅色	бе́жевый 米色	кре́мовый 奶油色

зелёный 綠色	си́ний 藍色	чёрный 黑色
оли́вковый 橄欖綠色	голубо́й 天藍色	се́рый 灰色
бирюзо́вый 綠松石色	фиоле́товый 紫色	бе́лый 白色

顏色名稱前面可以加上 тёмно-（深）或 све́тло-（淺）來表達深淺差異的色調，如：тёмно-се́рый（深灰色）、све́тло-ро́зовый（淡粉紅色）。

選購衣服時也常需要詢問洗滌方式，通常分為 ручна́я сти́рка（手洗）、химчи́стка（乾洗）或 маши́нная сти́рка（機洗）等，例如：Это то́лько ручна́я сти́рка?（這件只能手洗嗎？）、Это мо́жно стира́ть в маши́нке?（這件可以機洗嗎？）。

4 Мо́жно подеше́вле?

可以算便宜一點嗎？

【自由行必學單字】	MP3-110
俄文	**中文**
сувени́р	紀念品
матрёшка	俄羅斯娃娃
фигу́рка	小玩偶、公仔
календа́рь (м.)	月曆
откры́тка	明信片
футбо́лка	T 恤
плато́к	領巾、披肩
кру́жка	馬克杯
брело́к	鑰匙圈、吊飾
украше́ние	首飾
де́рево	木頭
ка́мень (м.)	石頭
мета́лл	金屬
ручна́я рабо́та	手工製品

會話 1

Покупка матрёшки

買俄羅斯娃娃

MP3-111

К. – клие́нт 客人　П. – продаве́ц 店員

К.	Ско́лько сто́ит така́я матрёшка?	這種俄羅斯娃娃多少錢？
П.	Она́ сто́ит 2000 (две ты́сячи) рубле́й.	這個 2000 盧布。
К.	О́чень до́рого......	好貴……
П.	До́рого, потому́ что здесь нарисо́ваны сюже́ты из ру́сских наро́дных ска́зок. Э́то ручна́я рабо́та. Подеше́вле есть таки́е – по 800 (восемьсо́т) рубле́й, пять ку́кол.	貴是因為這上面畫的是俄羅斯民間故事情節。這是手工製品。比較便宜的有這種 ── 800 盧布，有五層娃娃。
К.	Мо́жно сде́лать ски́дку, е́сли куплю́ две?	如果買兩個可以打折嗎？
П.	Да, е́сли ку́пите две, могу́ сде́лать ски́дку, и вме́сте бу́дет 1500 (ты́сяча пятьсо́т) рубле́й.	可以，買兩個的話我可以打折，這樣一共會是 1500 盧布。
К.	Хорошо́. Я возьму́.	好，我買了。

Поку́пка сувени́ров
會話 2 買紀念品

MP3-112

К. – клие́нт 客人　П. – продаве́ц 店員

К.	У тако́й футбо́лки побо́льше разме́р есть?	這種 T 恤有大一點的尺寸嗎？
П.	Да, э́то э́ска, есть ещё э́мка и э́лька.	有，這是 S 號，還有 M 號和 L 號。
К.	Да́йте, пожа́луйста, э́мку.	請給我 M 號。
П.	Что-нибу́дь ещё?	還需要什麼嗎？
К.	А брело́к из ка́мня? Ско́лько он сто́ит?	鑰匙圈的材質是石頭嗎？多少錢？
П.	Да, брело́к из натура́льного ка́мня. Он сто́ит 120 (сто два́дцать) рубле́й.	對，鑰匙圈是天然石頭做成的。它是 120 盧布。
К.	Я куплю́ шесть штук. Мо́жно подеше́вле?	我買六個。可以算便宜一點嗎？
П.	Да, я Вам ски́дку сде́лаю.	好，我幫您打折。

【套用句型說說看】 MP3-113

Из чего сде́лана фигу́рка?
小玩偶是什麼材質?

шкату́лка 首飾匣	кру́жка 馬克杯
игру́шка 玩具	ку́кла 娃娃

Плато́к из како́го материа́ла?
披肩是哪種材質製成?

Самова́р из како́го мета́лла? 茶炊 * 是哪種金屬製成?	Украше́ние из како́го ка́мня? 裝飾品是哪種石頭製成?
Шкату́лка из како́го де́рева? 首飾匣是哪種木頭製成?	Цепо́чка из како́го мета́лла? 鏈子是哪種金屬製成?

* 俄羅斯茶炊(Самова́р),利用煤炭或電力將水煮沸的金屬製容器,可將泡有濃茶的茶壺放置上方,以便保溫,喝茶時先倒一點濃茶在杯裡,再從茶炊加入熱水後飲用。茶炊是俄羅斯傳統飲茶文化很重要的一部分,也是一種殷勤待客的象徵。

莫斯科伊茲邁洛沃市集(Изма́йловский ры́нок)的紀念品。

俄羅斯茶炊(Самова́р)。

第 8 章：日常生活

1 Ско́лько вре́мени идёт письмо́?

信多久會寄到？

<table>
<thead>
<tr><th colspan="2" align="center">【自由行必學單字】　　　MP3-114</th></tr>
<tr><th>俄文</th><th>中文</th></tr>
</thead>
<tbody>
<tr><td>ма́рка</td><td>郵票</td></tr>
<tr><td>конве́рт</td><td>信封</td></tr>
<tr><td>посыла́ть—посла́ть</td><td>寄</td></tr>
<tr><td>отправля́ть—отпра́вить</td><td>寄</td></tr>
<tr><td>бандеро́ль (ж.) [дэ]; [де]</td><td>印刷品郵件</td></tr>
<tr><td>посы́лка</td><td>包裹</td></tr>
<tr><td>почто́вый и́ндекс [дэ]</td><td>郵遞區號</td></tr>
<tr><td>авиапо́чта</td><td>航空郵件</td></tr>
<tr><td>назе́мная по́чта</td><td>陸運郵件</td></tr>
<tr><td>курье́рская слу́жба; экспре́сс-по́чта</td><td>快遞服務</td></tr>
<tr><td>обы́чный</td><td>普通的</td></tr>
<tr><td>уско́ренный</td><td>限時的</td></tr>
<tr><td>заказно́й</td><td>掛號的</td></tr>
<tr><td>це́нный</td><td>報值的</td></tr>
</tbody>
</table>

會話
1

Поку́пка ма́рок и откры́ток

買郵票、明信片

MP3-115

К. – клие́нт 客人　　С. – сотру́дник по́чты 郵局人員

К.	Да́йте, пожа́луйста, три откры́тки с нового́дним поздравле́нием и ма́рки для их отправле́ния на Тайва́нь.	請給我三張賀年明信片，和把它們寄到台灣的郵票。
С.	Назе́мной и́ли авиапо́чтой?	陸運還是空運？
К.	А ско́лько вре́мени они́ иду́т, и ско́лько сто́ят?	寄送要多長時間和多少錢？
С.	Назе́мной – три-четы́ре неде́ли, 45 (со́рок пять) рубле́й. А а́виа – две неде́ли, 50 (пятьдеся́т) рубле́й.	陸運三至四週，45 盧布。空運兩週，50 盧布。
К.	Тогда́ авиапо́чтой, пожа́луйста.	那請用空運。
С.	С Вас 270 (две́сти се́мьдесят) рубле́й.	一共 270 盧布。
К.	Спаси́бо.	謝謝。

Отправле́ние посы́лки
寄包裹

MP3-116

К. – клие́нт 客人　　С. – сотру́дник по́чты 郵局人員

К.	До́брый день! Мне ну́жно отпра́вить э́ту посы́лку на Тайва́нь.	您好！我要寄這個包裹到台灣。
С.	А что в коро́бке?	盒子裡是什麼？
К.	Кни́ги.	是書。
С.	Тогда́ э́то бу́дет бандеро́ль. Бу́дете отправля́ть обы́чную, заказну́ю и́ли це́нную?	那這是印刷郵件。您要寄普通、掛號還是報值郵件？
К.	Заказну́ю, пожа́луйста.	寄掛號。
С.	Запо́лните бланк и тамо́женную деклара́цию. Не забу́дьте написа́ть почто́вый и́ндекс.	請填寫表格和海關申報單。別忘了寫郵遞區號。
К.	Хорошо́.	好的。

【套用句型說說看】 MP3-117

Я хочу́ посла́ть э́то письмо́ **на Тайва́нь.**

我想寄這封信到台灣。

э́ти откры́тки 這些明信片	це́нную посы́лку 報值包裹
э́ту посы́лку 這個包裹	э́ти пи́сьма авиапо́чтой 航空信
бандеро́ль 印刷品	посы́лку курье́рской слу́жбой 快遞包裹
заказно́е письмо́ 掛號信	бандеро́ль назе́мной по́чтой 陸運印刷品

【俄羅斯自由行】

俄羅斯郵局（Почта России）除了郵件寄送服務，還販售賀卡、提供報紙雜誌訂閱，也有精美的紀念郵票提供愛好者收集。如果要寄送 EMS 快遞和大件包裹，由於只有特定的郵局可以辦理，最好事先到官網查詢負責相關業務的分局。而以往週末不工作的郵局，現在也有部分開放週末營業。

俄羅斯信封或包裹地址寫法要注意的是，左上角寄件者欄位包括 От кого（來自誰）和 Откуда（來自哪裡），前者要寫上 от 和寄件人全名第二格（前置詞 от「來自」要求加第二格名詞），後者是要寫上寄件人地址；右下角收件者欄位包括 Кому（給誰）和 Куда（到哪裡），前者要寫上收件人全名第三格（第三格在語法上表示「給誰」之意），後者要寫上收件人地址。另外必須填寫收件人的六碼郵遞區號，制式的信封在左下角有專門的欄位。地址和郵遞區號書寫範例如下：

郵遞區號寫法。

От кого 寄件人

Откуда 寄件人地址
（п. = посёлок 鎮，д. = дом 房屋，
р-он = район 區）

край 邊區（行政區域名稱）

почтовый индекс 郵遞區號

от Ковалева Сергея Петровича

п.Киинск, д.7, им.Лазо р-он

Хабаровский край

682919

Гусеву Ивану Сергеевичу

ул. Победы, д.20, кв.29,

п.Октябрьский, Борский р-он

Нижегородская обл.

606480

Кому 收件人

Куда 收件人地址
（ул. = улица 街，кв. = квартира 公寓）

обл. = область 州（行政區域名稱）

2 Какие комиссионные берёте?

你們收多少手續費？

【自由行必學單字】	MP3-118

俄文	中文
номерок; талон	號碼牌
касса	櫃檯
оплатить (СВ) учёбу	繳學費 *
перевести (СВ) деньги	匯款
комиссионные; комиссия	手續費
открыть (СВ) счёт	開戶
банковская карта	提款卡
валютный счёт	外幣帳戶
рублёвый счёт	盧布帳戶
обмен валюты	外幣兌換
поменять (СВ); обменять (СВ) деньги	換匯
купюра	紙鈔
курс (доллара к рублю)	（美元對盧布）匯率
расписаться (СВ)	簽名

* 「繳學費」的另一種說法請見第 72 頁。

【俄羅斯人這麼說】

會話 1

Обме́н валю́ты
外幣兌換

MP3-119

К. – клие́нт 客人　　С. – сотру́дник ба́нка 銀行工作人員　　О. – операциони́ст 銀行櫃檯人員

К.	Здра́вствуйте, мне ну́жно обменя́ть де́ньги.	您好！我要換匯。
С.	Возьми́те номеро́к, пожа́луйста.	請抽號碼牌。
К.	*(Операциони́сту.)* До́брый день! Я хочу́ поменя́ть 100 (сто) до́лларов на рубли́. Комиссио́нные берёте?	（對行員）您好！我想把 100 美金換成盧布。你們收手續費嗎？
О.	Без комиссио́нных. Но у Вас купю́ра ста́рая. Мы таку́ю не берём.	不收手續費。但您的鈔票太舊了，我們不收這樣的鈔票。*
К.	Тогда́, мо́жет быть, э́та купю́ра подойдёт?	那或許這張可以？
О.	Да. Ваш па́спорт, пожа́луйста.	可以的。請給我您的護照。
К.	Пожа́луйста.	好的。

* 俄羅斯外幣兌換處常不收美金舊鈔（包括磨損、有記號、發行年份較早的鈔票）。

Опла́та учёбы

會話 2 繳學費

MP3-120

С. – студе́нт 學生　О. – операциони́ст 銀行櫃檯人員

С.	Здра́вствуйте! Мне ну́жно оплати́ть учёбу.	您好！我需要繳學費。
О.	Ваш догово́р с университе́том и па́спорт, пожа́луйста.	請給我您和大學簽的合約 * 和護照。
С.	Пожа́луйста.	在這裡。
О.	Запо́лните бланк и распиши́тесь здесь.	請填寫表格然後在這裡簽名。
С.	Всё запо́лнил.	都填好了。
О.	Ваш конта́ктный телефо́н?	您的連絡電話是？
С.	917 593-76-50 (Девятьсо́т семна́дцать – пятьсо́т девяно́сто три – се́мьдесят шесть – пятьдеся́т).	917 593-76-50。

* 外國學生都必須和就讀的俄羅斯學校簽約，學校會在合約上註明學習期間、學費、所屬系所等。在銀行繳學費時須出示合約，並在轉帳單據上備註合約號碼。

【套用句型說說看】 MP3-121

Здра́вствуйте! Мне ну́жно оплати́ть учёбу.
您好！我需要繳學費。

заплати́ть за продле́ние ви́зы 繳簽證延期的費用	откры́ть валю́тный счёт 開外幣帳戶
поменя́ть е́вро 換歐元	откры́ть рублёвый счёт 開盧布帳戶
поменя́ть рубли́ на до́ллары 把盧布換成美金	получи́ть ба́нковскую ка́рту 辦提款卡
перевести́ де́ньги 匯款	положи́ть де́ньги на счёт 存款

3 Ско́лько ещё де́нег на счету́?

戶頭裡還有多少錢？

【自由行必學單字】	MP3-122

俄文	中文
банкома́т	提款機
платёжный термина́л	儲值機、繳費機
экра́н	螢幕
меню́ (ср.)	選單
опера́ция	操作、手續
снима́ть—снять де́ньги	領錢
принима́ть—приня́ть	收取、接受
вводи́ть—ввести́	輸入
пин-ко́д	密碼、pin 碼
нажима́ть—нажа́ть на что	按（鍵）
сброс	取消
су́мма	金額
бала́нс	餘額
чек	交易明細表

會話 1

У банкома́та
在提款機旁

MP3-123

С. – студе́нт 學生　П. – подру́га 朋友（女）

С.	Мне ну́жно снять де́ньги. Ты не зна́ешь, где тут есть банкома́т?	我需要領錢。你知道這邊哪裡有提款機嗎？
П.	Вот напро́тив торго́вый центр. Там то́чно бу́дет банкома́т. Пойдём посмо́трим.	對面有間購物中心。那邊一定有提款機。去看看吧。
С.	*(У банкома́та.)* Ой, я непра́вильно ввёл ПИН-ко́д.	（在提款機旁。）啊，我密碼輸入錯了。
П.	Нажми́ на «Сброс» и введи́ ещё раз.	按「取消」鍵，再輸入一次。
С.	А как посмотре́ть, ско́лько де́нег у меня́ сейча́с на счету́?	那要怎麼看我現在戶頭有多少錢？
П.	Выбира́й опера́цию «Показа́ть бала́нс».	選「餘額查詢」操作功能。
С.	А, всё, по́нял. Тепе́рь зна́ю, каку́ю су́мму мо́жно снять.	啊，好了，我懂了。現在知道可以領多少錢了。

儲值、繳費機通常設置於旅館、超市、購物中心、地鐵站，供電信費儲值、公用事業費用繳納等。

У платёжного терминáла

在儲值機旁

MP3-124

С. – студéнт 學生　П. – подрýга 朋友（女）

С.	У меня́ де́ньги для моби́льной свя́зи зака́нчиваются. Ну́жно попо́лнить счёт.	我的手機通訊費快用完了，需要儲值。
П.	Там у метро́ есть платёжный термина́л. Или зайдём в суперма́ркет посмотре́ть?	在地鐵那邊有儲值機。或者我們進超市看一看？
С.	Дава́й. *(Захо́дят в суперма́ркет.)* А, здесь есть термина́л. Интере́сно, беру́т ли коми́ссию?	好啊。（走進超市。）啊，這裡有儲值機。不知道這台收不收手續費？
П.	Посмотри́ на экра́н, там обы́чно напи́сано. Ви́дишь, здесь напи́сано, что без коми́ссии.	看一下螢幕，上面通常會寫。你看，這裡寫免手續費。
С.	Да, то́чно. Ой, маши́на не принима́ет кру́пные купю́ры.	對，沒錯。啊，機器不收大鈔。
П.	Дава́й ку́пим что-нибу́дь в магази́не, и сда́ча бу́дет.	我們在店裡買點東西，就會找錢了。
С.	Дава́й.	好。

【套用句型說說看】　　　　　　　MP3-125

Не забу́дь снять де́ньги.
別忘了領錢。

внести́ де́ньги 存錢	заплати́ть за телефо́н 付電話費
перевести́ де́ньги 匯款	попо́лнить счёт 儲值
прове́рить бала́нс 查餘額	прове́рить но́мер на экра́не 檢查螢幕上（輸入的）號碼
взять чек 拿交易明細表	узна́ть су́мму коми́ссии 查看手續費金額

Мне не о́чень нра́вится коро́ткая чёлка.

我不太喜歡短瀏海。

【自由行必學單字】	MP3-126
俄文	**中文**
парикма́херская	理髮店
сало́н красоты́	美髮店、美容院
причёска	髮型
стри́жка	剪髮
укла́дка (воло́с); укла́дывать (НСВ) (во́лосы)	吹整髮型、做造型
мыть—помы́ть во́лосы	洗髮
чёлка	瀏海
коса́	辮子
кра́сить—покра́сить во́лосы	染髮
све́тлый	淺色、亮色
ру́сый	淺褐（髮）色
кори́чневый	褐色
ры́жий	紅（髮）色
хими́ческая зави́вка	燙髮
подстри́чь (СВ)	修剪
маникю́р	美甲

會話 1

Стри́жка воло́с
剪髮

MP3-127

К. – клие́нт 客人   М. – ма́стер 髮型師

К.	Я бы хоте́ла сде́лать стри́жку и укла́дку.	我想剪髮和吹整髮型。
М.	Как Вас подстри́чь?	您想怎麼剪？
К.	Я хочу́ подстри́чься до плеч. Но чёлку подстри́чь то́лько чуть-чу́ть. Мне не о́чень нра́вится коро́ткая чёлка.	我想剪到肩膀的長度。但瀏海修一點點就好。我不太喜歡短瀏海。
М.	Хорошо́. *(По́сле стри́жки.)* Во́лосы укла́дывать фе́ном?	好的。（剪髮後。）頭髮用吹風機做造型嗎？
К.	Да.	對。
М.	Всё. Как Вам нра́вится но́вая причёска?	好了。您喜歡新髮型嗎？
К.	Вы сде́лали замеча́тельную причёску. Спаси́бо!	髮型弄得很好。謝謝！

會話 2 Покра́ска воло́с
染髮

MP3-128

К. – клие́нт 客人　　М. – ма́стер 髮型師

К.	Здра́вствуйте, я хоте́ла бы покра́сить во́лосы.	您好！我想染髮。
М.	Здра́вствуйте, пожа́луйста, проходи́те!	您好，請進！
К.	Ско́лько э́то бу́дет сто́ить?	這樣要多少錢？
М.	Покра́ска воло́с – три ты́сячи.	染髮是三千盧布。
К.	Да, меня́ э́то устра́ивает.	好，這樣可以。
М.	В како́й цвет Вы бы хоте́ли покра́ситься?	您想染什麼顏色？
К.	Я хочу́ в ру́сый.	想要淺褐色。

【套用句型說說看】　　　　MP3-129

Хочу́ подстри́чься.
我想修剪頭髮。

сде́лать коро́ткую стри́жку 剪短髮	помы́ть во́лосы 洗髮
сде́лать таку́ю причёску 做這樣的髮型	покра́сить во́лосы 染髮
сде́лать укла́дку 吹整髮型	вы́прямить во́лосы 把頭髮弄直
сде́лать зави́вку 燙髮	сде́лать маникю́р 美甲

Memo

第９章：尋求協助

本章課題
（１）求援
（２）醫院
（３）警察局
（４）維修

1 Где ближа́йшая больни́ца?

最近的醫院在哪裡？

【自由行必學單字】	MP3-130
俄文	**中文**
ско́рая по́мощь	救護車
ава́рия	事故
тра́вма	外傷
сотрясе́ние (мо́зга)	腦震盪
перело́м	骨折
уши́б	碰傷、挫傷
уда́р	碰撞、撞擊
ра́на	傷口、創傷
кровь (ж.)	血
о́бморок	昏厥
медици́нская страхо́вка	醫療保險
ДПС; Доро́жно-патру́льная слу́жба	交通巡邏警察
дава́ть (НСВ) показа́ния	提供口供、作證
пострада́вший	受害者

Вы́зов ско́рой по́мощи
叫救護車

MP3-131

Пр. – прохо́жий 路人　П. – пострада́вший 受害者

Пр.	Како́й кошма́р! Вы мо́жете встать?	真糟糕！您站得起來嗎？
П.	Да, я в поря́дке. То́лько вот... не могу́ пошевели́ть руко́й...	可以，我沒事。不過……我的手動不了……
Пр.	Ничего́ не де́лайте! Я вы́зову ско́рую. У Вас мо́жет быть сотрясе́ние и перело́м.	不要有任何動作！我叫救護車。您也許有腦震盪和骨折。
П.	Я ду́маю, э́то про́сто си́льный уши́б от уда́ра. У меня́ есть медици́нская страхо́вка. Я пое́ду в больни́цу сам.	我想只是撞擊造成的重挫傷。我有醫療保險。我自己去醫院。
Пр.	Нет-нет, остава́йтесь на ме́сте! У Вас ра́на, кровь! Сейча́с прие́дет ско́рая и ДПС!	不不，留在原地！您有傷口，在流血！馬上救護車和交通巡邏警察就會來了！
П.	А заче́м ДПС?	為什麼交通巡邏警察要來？
Пр.	Ну́жно, что́бы Вы да́ли показа́ния, как пострада́вший.	需要您以受害者身分提供口供。
П.	Хорошо́, спаси́бо Вам большо́е за по́мощь!	好的，非常謝謝您的協助！

Про́сьба о по́мощи

會話 2 請求幫助

MP3-132

T. – тури́ст 遊客   Пр. – прохо́жий 路人

T.	Извини́те, Вы не подска́жете, где ближа́йшая больни́ца?	抱歉,請問最近的醫院在哪裡?
Пр.	А что случи́лось?	發生什麼事了?
T.	Моему́ дру́гу о́чень пло́хо. Я бою́сь, что он сейча́с упадёт в о́бморок!	我朋友很不舒服。我擔心他馬上要昏倒了。
Пр.	*(Ло́вит такси́.)*	*(叫計程車。)*
	Сади́тесь, я вме́сте с ва́ми пое́ду до больни́цы.	坐上車,我跟你們一起到醫院。
T.	Спаси́бо Вам огро́мное!	太感謝您了!
Пр.	Не́ за что. Наде́юсь, что ничего́ серьёзного.	不客氣。希望不嚴重。
T.	Я о́чень пережива́ю, ведь у него́ нет страхо́вки.	我很擔心,畢竟他沒有保險。

Он получи́л сотрясе́ние головно́го мо́зга при ава́рии.
他在車禍中得了腦震盪。

лёгкую тра́вму	че́репно-мозгову́ю тра́вму
受輕傷	受到頭部外傷
тяжёлую тра́вму	уши́б
受重傷	受挫傷
ране́ние	синя́к
受傷	瘀青
перело́м	си́льный шок
骨折	嚴重休克

2 Я подверну́л но́гу.

我扭到腳了。

【自由行必學單字】	MP3-134
俄文	中文
живо́т	肚子
желу́док	胃
у́хо; у́ши	耳朵
спина́	背、腰背
плечо́; пле́чи	肩
рентге́н	X 光
ви́рус	病毒
принима́ть—приня́ть	服用
табле́тка	藥丸
антибио́тики	抗生素
аллерги́я	過敏
наноси́ть—нанести́	塗抹、滴（藥）
мазь (ж.)	藥膏
глазны́е ка́пли	眼藥水

【俄羅斯人這麼說】

У врача́
看醫生

MP3-135

В. – врач 醫生　П. – пацие́нт 病人

В.	*(Из кабине́та.)*	（從診間。）
	СЛЕ́ДУЮЩИЙ! Здра́вствуйте! Проходи́те. Сади́тесь. На что жа́луетесь?	下一位！您好！請進。請坐。哪裡不舒服？
П.	Здра́вствуйте! Мне так пло́хо! Меня́ тошни́т, температу́ра...	您好！我非常不舒服！我想吐、發燒……
В.	Рво́та, поно́с? Живо́т боли́т?	有嘔吐、拉肚子？肚子痛嗎？
П.	Да, и рво́та, и поно́с. Боли́т! Очень!	對，上吐下瀉。肚子痛！非常痛！
В.	Как давно́ у Вас начало́сь?	您這樣是多久以前開始的？
П.	Второ́й день уже́.	已經第二天了。
В.	Подозрева́ю, что у Вас ви́рус. Попыта́йтесь не есть ещё день. Пить ну́жно бо́льше, что́бы не́ было обезво́живания. Я Вам вы́пишу табле́тки от живота́ и поно́са. Принима́ть три ра́за в день.	我懷疑是病毒。盡量再一天不要吃東西。水要多喝，以免脫水。我開止腹痛和止瀉的藥給您。一天服用三次。

177

У хиру́рга
看外科醫生

MP3-136

Х. – хиру́рг 外科醫生　П. – пацие́нт 病人

Х.	Слу́шаю Вас. Что беспоко́ит?	請説，哪裡不舒服？
П.	Я подверну́л но́гу.	我扭到腳了。
Х.	Дава́йте посмо́трим. Так бо́льно?	我看一下。這樣會痛嗎？
П.	ДА!	會！
Х.	Дава́йте я Вам назна́чу рентге́н.	我安排您照 X 光。
П.	Хорошо́, спаси́бо! Мне ещё нужна́ спра́вка для страхо́вки. Вы мне вы́пишите?	好的，謝謝！我還需要申請保險用的證明。您幫我開立嗎？
Х.	Приходи́те с рентге́ном. Я посмотрю́ и вы́пишу Вам спра́вку.	X 光片拿來我看過之後就幫您開證明。

【套用句型說說看】 MP3-137

У меня́	боли́т зуб.	我牙痛。
	боли́т го́рло.	我喉嚨痛。
	кру́жится голова́.	我頭暈。
	диаре́я.	我腹瀉。
	температу́ра.	我發燒。
	воспале́ние.	我發炎。
	а́стма.	我有氣喘。
Меня́	тошни́т.	我想吐。
	укуси́ла пчела́.	我被蜜蜂螫了。

3 У меня укра́ли кошелёк!

我的錢包被偷了！

【自由行必學單字】	MP3-138
俄文	**中文**
поли́ция	警察、警察局
отделе́ние; отде́л поли́ции	警察局、派出所
обрати́ться (СВ) в поли́цию	報警
потеря́ть (СВ) *что*	遺失
поте́ря; уте́ря *чего*	遺失
заявле́ние об уте́ре *чего*	遺失報案單
удостовере́ние ли́чности	身分證件
води́тельские права́	駕照
ко́пия па́спорта	護照影本
укра́сть (СВ) *что*	偷竊（財物）
обокра́сть (СВ) *кого́-что*	偷走（人、住宅、商店的）財物
кра́жа	失竊、竊案
огра́бить (СВ) *кого́-что*	搶劫、 搶走（人、住宅、商店的）財物
ограбле́ние	搶劫、搶案

【俄羅斯人這麼說】

<table>
<tr><td rowspan="2">會話
1</td><td colspan="2"># Потéря пáспорта</td></tr>
<tr><td>遺失護照</td><td>MP3-139</td></tr>
</table>

Т. – турúст 觀光客　П. – полúция 警察

Т.	Извинúте, пожáлуйста. Господúн полицéйский, где здесь ближáйший отдéл полúции?	抱歉，警察先生，離這裡最近的派出所在哪裡？
П.	А что случúлось?	怎麼了？
Т.	Я потерял пáспорт. Не знáю, как это случúлось.	我弄丟護照了。不知道怎麼發生的。
П.	Вы увéрены, что это не крáжа? Я отведý вас в отделéние. Вам нýжно бýдет запóлнить заявлéние об утéре пáспорта. У Вас есть какúе-нибудь ещё удостоверéния лúчности?	您確定不是被偷嗎？我帶您去警局。您需要填寫護照遺失報案單。您還有任何身分證明文件嗎？
Т.	Да, у меня́ есть водúтельские правá и кóпия пáспорта.	有，我有駕照和護照影本。
П.	Кóпия пáспорта – это óчень хорошó. У вас есть сопровождáющий? Или гид?	有護照影本太好了。有人陪您一起嗎？或者導遊？
Т.	Нет, я одúн.	沒有，我一個人。
П.	Тогдá я помогý Вам запóлнить заявлéние. Пройдёмте за мнóй.	那我協助您填寫單子。跟我來。

會話 2 Кра́жа кошелька́
錢包被偷

MP3-140

Т. – тури́ст 觀光客　П. – поли́ция 警察

Т.	Поли́ция! Поли́ция! У меня́ укра́ли бума́жник!	警察先生！我的錢包被偷了！
П.	Споко́йно! Вы уве́рены, что его́ укра́ли? Мо́жет, Вы са́ми его́ потеря́ли?	請冷靜！您確定是被偷嗎？也許是自己弄丟了？
Т.	Да, укра́ли! Я е́хал в авто́бусе, бы́ло мно́го наро́ду, кошелёк был в карма́не. Когда́ я вы́шел на остано́вке, то кошелька́ уже́ не́ было!	是被偷了！我搭公車，人很多，錢包本來在口袋。我在站牌下車之後，錢包就不在了！
П.	Всё остально́е на ме́сте? Телефо́н? Па́спорт?	其他東西都在嗎？電話？護照？
Т.	Да, телефо́н я держа́л в рука́х, па́спорт на ме́сте.	對，電話我拿在手上，護照在。
П.	Пройдёмте со мно́й. Вам ну́жно бу́дет пода́ть заявле́ние о кра́же.	跟我來。您需要填寫失竊報案單。
Т.	Что мне ну́жно для э́того?	填報案單需要準備什麼？
П.	Ваш па́спорт и но́мер для свя́зи. Вы прожива́ете в оте́ле?	您的護照和聯絡電話。您住旅館嗎？
Т.	Нет, я живу́ у дру́га.	不是，我住朋友家。
П.	Тогда́ конта́ктный телефо́н дру́га.	那需要朋友的聯絡電話。

【套用句型說說看】 MP3-141

У меня́ укра́ли кошелёк.
我的錢包被偷。

укра́ли бума́жник 皮夾被偷	потеря́лся па́спорт 護照遺失
укра́ли су́мку 包包被偷	потеря́лся телефо́н 電話遺失
укра́ли рюкза́к 背包被偷	обокра́ли дом 屋子遭小偷
укра́ли па́спорт 護照被偷	обокра́ли кварти́ру 公寓遭小偷

【俄羅斯自由行】

俄羅斯的緊急電話是國際大多數國家所通用的 112（手機撥打），這個電話免費，且即使沒有 SIM 卡也能撥打。另外，從家用電話或裝有有效 SIM 卡的手機，則可撥打消防隊 101、警察局 102、救護車 103、瓦斯外洩救助 104。

號碼	救助單位	
112 🔊	Еди́ный но́мер слу́жбы спасе́ния	（緊急救助 *）
101 🔊	Пожа́рная слу́жба	（消防隊）
102 🔊	Поли́ция	（警察局）
103 🔊	Ско́рая по́мощь	（救護車）
104 🔊	Авари́йная га́зовая слу́жба	（瓦斯外洩救助）

* 適用各種緊急救助事件（包括火災、緊急意外事故、瓦斯外洩等）的單一號碼。

當遇到特定的緊急醫療情況，需要說明血型時須注意，俄羅斯使用的血型名稱是 гру́ппы I、II、II、IV（「第一、二、三、四型」，書寫時一般用羅馬數字表示），對應到我們慣用的血型名稱分別是 O、A、B、AB 型。問人什麼血型要說：「Кака́я у Вас гру́ппа кро́ви?」（您的血型是什麼？）可以簡答：「Пе́рвая / Втора́я / Тре́тья / Четвёртая.」（「第一／第二／第三／第四」；即「O ／ A ／ B ／ AB」）或是詳答：「У меня́ пе́рвая / втора́я / тре́тья / четвёртая гру́ппа кро́ви.」（我的血型是第一／第二／第三／第四型）。「我是 RH 陰性血型」的說法是「У меня́ ре́зус-отрица́тельная гру́ппа кро́ви.」。

在俄羅斯如果輕微身體不適，可以在藥局（апте́ка）買到藥品，如：OK 繃（пла́стырь (м.)）、胃藥（лека́рство от бо́ли в желу́дке）、頭痛藥（лека́рство от головно́й бо́ли）、過敏藥（лека́рство от аллерги́и）等。有些藥局是 24 小時營業。

У меня́ не загружа́ется компью́тер.

我的電腦無法開機。

【自由行必學單字】	MP3-142

俄文	中文
ремо́нт	維修、修理
ремонти́ровать—отремонти́ровать	維修、修理
чини́ть—почини́ть	維修、修理
лома́ться—слома́ться	故障
износи́ться (СВ)	被磨損
подо́шва	鞋底
зака́з	訂單
се́рвисный центр	維修中心
загружа́ться—загрузи́ться	開機
проводи́ть—провести́ диагно́стику	進行檢測、診斷
погаса́ть—пога́снуть	熄滅
видеока́рта	顯示卡
подлежа́ть (НСВ) ремо́нту	可以維修
срок гара́нтии	保固期

【俄羅斯人這麼說】

Ремо́нт о́буви
修鞋

會話 1

MP3-143

К. – клие́нт 客人　М. – ма́стер 師傅

К.	Здра́вствуйте, я хоте́ла бы уточни́ть, мо́жно ли почини́ть э́ти боти́нки?	您好，我想請問這雙短靴可以修理嗎？
М.	Дава́йте посмо́трим!... Да, я могу́ сде́лать но́вую подо́шву.	我來看看！可以，我可以換鞋底。
К.	Спаси́бо. Как до́лго э́то займёт по вре́мени?	謝謝。時間上需要多久？
М.	У меня́ сейча́с мно́го зака́зов. Че́рез неде́лю Вас устро́ит?	我現在很多鞋要修。一星期後可以嗎？
К.	А побыстре́е ника́к? Мне о́чень нужны́ э́ти боти́нки послеза́втра. Пожа́луйста!	沒辦法再快一點嗎？我後天非常需要這雙鞋。拜託！
М.	Ну, хорошо́! Я попро́бую.	好吧！我盡量。
К.	Спаси́бо большо́е, ма́стер! Ско́лько с меня́?	師傅，非常謝謝！要付多少錢？

Ремонт ноутбука в сервисном центре

會話 2

在維修中心修筆電

MP3-144

М. – мастер 師傅 К. – клиент 客人

М.	Здравствуйте! Чем могу помочь?	您好！請問需要什麼服務？
К.	Здравствуйте! У меня не загружается компьютер. Вы не могли бы посмотреть, что с ним?	您好！我的電腦無法開機。您能看一下怎麼回事嗎？
М.	Хорошо, мы отдадим Ваш компьютер на диагностику. Вы замечали какие-нибудь проблемы в работе компьютера в последнее время?	好的，我們把電腦送去檢測。您最近注意到電腦運作有任何問題嗎？
К.	Да, иногда резко погасал экран, а потом включался.	有，有時突然螢幕暗掉，然後又亮起來。
М.	Тогда, может быть, сломалась видеокарта.	那也許是顯示卡壞了。
К.	И что это значит? Не подлежит ремонту?	這個意思是？不能修嗎？
М.	Для начала нужно провести диагностику. Мы Вам перезвоним.	首先要進行檢測診斷。我們再打電話通知您。

【套用句型說說看】 MP3-145

У меня́ бы́стро разряжа́ется телефо́н. Вы не зна́ете, где мо́жно почини́ть телефо́н?

我的電話耗電很快。您知道哪裡可以修電話嗎？

не загружа́ется ноутбу́к	отремонти́ровать ноутбу́к
筆電不能開機	修筆電
слома́лись часы́	почини́ть часы́
手錶壞了	修手錶
слома́лись очки́	почини́ть очки́
眼鏡壞了	修眼鏡
износи́лась подо́шва	отремонти́ровать о́бувь
鞋底磨損	修鞋

Memo

國家圖書館出版品預行編目資料

我的俄文自由行 / 葉相林著

-- 初版 -- 臺北市：瑞蘭國際, 2021.02

192面；17 x 23公分 --（繽紛外語；100）

ISBN：978-986-5560-08-9（平裝）

1.俄語 2.會話

806.188　　　　　　　　　　　　　　109021899

繽紛外語100

我的俄文自由行

作者｜葉相林

責任編輯｜鄧元婷、王愿琦

校對｜葉相林、鄧元婷、王愿琦

俄語錄音｜邱楚楚（Daria Chubova）、盧奕凡（Ivan Polushkin）

錄音室｜采漾錄音製作有限公司

封面設計、版型設計｜劉麗雪

內文排版｜方皓承

瑞蘭國際出版

董事長｜張暖彗・社長兼總編輯｜王愿琦

編輯部

副總編輯｜葉仲芸・副主編｜潘治婷・文字編輯｜鄧元婷

美術編輯｜陳如琪

業務部

副理｜楊米琪・組長｜林湲洵・專員｜張毓庭

出版社｜瑞蘭國際有限公司・地址｜台北市大安區安和路一段104號7樓之一

電話｜(02)2700-4625・傳真｜(02)2700-4622・訂購專線｜(02)2700-4625

劃撥帳號｜19914152 瑞蘭國際有限公司

瑞蘭國際網路書城｜www.genki-japan.com.tw

法律顧問｜海灣國際法律事務所　呂錦峯律師

總經銷｜聯合發行股份有限公司・電話｜(02)2917-8022、2917-8042

傳真｜(02)2915-6275、2915-7212・印刷｜科億印刷股份有限公司

出版日期｜2021年02月初版1刷・定價｜420元・ISBN｜978-986-5560-08-9

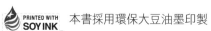